御曹司の淫執愛にほだされてます

むつき紫乃
Shino Mutsuki

Eternity
BUNKO

第一章　過去をつれてくる雨

絡んだ視線。

はじめに込み上げたのは、懐かしさだった。過去の恋慕がよみがえったかのように、わずかに気持ちが浮き上がった。

しかしそれは五秒と経たず突き落とされる。何事もなかったように逸《そ》らされた目と、左手の薬指に光る指輪によって。

堅苦しいスーツを着た男たちがなにやら話をしながら横を通り過ぎていく。廊下のはしで立ち止まっている和香《のどか》に気をとめることはない。彼らの真ん中にいたのは宗像総《むなかたそう》司《じ》――この会社社長の御曹司であり、五年間会うことのなかった昔の恋人だ。

今、彼の目は確かに和香を捉えた。けれど表情はぴくりとも動かなかった。

気がつかなかった？

男たちの話し声は徐々に背後へ遠ざかっていく。和香はその場に立ち尽くしたまま、一歩も踏み出すことができない。

「私、どうして――」

こんなに衝撃を受けているのだろう。こんなの、まるで傷ついているみたいじゃないか。

彼が結婚していることは分かっていた。

無視されたのはきっと、周りに人がいたから。

今さら自分がこんなふうに揺さぶられる理由なんてないはず。なのに、大切なものが損なわれてしまった気がするのは、どうしてだろう。

「どうしたの、倉田《くらた》さん。そんなところに立ち止まって」

はっと顔を上げると、廊下の先で元同僚の森川《もりかわ》がこちらを振り返っていた。

仕事で来ていることを思い出し、和香は慌てて気を引き締める。

「なんでもない。ごめんなさい、待たせちゃって」

憂慮を振り払うように顔に笑みを貼りつけた。

幸い森川は数歩先を歩いていたので、二人の間にある角を曲がってきた総司の存在には気づかなかったようだ。変に気遣われる心配がないことに安堵《あんど》した和香は、彼のあとについて会議室に入り、打ち合わせに集中しようとした。

けれど、森川の背後に見える窓の景色に気がついたら、頭の片隅で勝手に呼び起こされていく思い出を止めることなんてできなかった。

ああ、あの日と同じ――

不穏に垂れ込める灰色の雲から細い糸が降り注ぐ。

ガラスの向こうに見えるのは、静かな静かな雨だった。


二人で会った最後の日も、和香は雨を眺めていた。

カフェの店内にはBGMがかかっておらず、静かな水音を楽しめるように店員があえてそうしたのかもしれない、などと考えていた。

最初に切り出したのは総司だった。

『別れよう』

向かいに座った彼の声は落ち着いていた。穏やかで、雨の音にとてもよく似合っていた。

『うん』

和香の声も同じ。雨の中に溶け込んでいきそうなほど静かに凪《な》いでいた。

二人は新卒で入社した株式会社宗像百貨店の同期だった。

好意をいだいた最初のきっかけは、仕事の悩みを聞いてもらったことだ。

――大丈夫だ。君のいいと思うようにすればいい。

デザイナーでありながらすぐ自信をなくす和香は、何度この言葉で勇気づけられたか知れない。

総司自身は力強いリーダーシップで仕事を推し進めるタイプで、自分と全く違う彼を和香は尊敬していた。けれど、彼だって他人に見せないだけで、人並みに繊細な部分を抱えているのだ。それを知ったとき、止めようもないくらい愛情は膨れ上がっていた。

彼の人となりを知るほどに、心が抗《あらが》いようもなく惹きつけられる。それは総司も同じだったらしい。御曹司という立場に尻込みしなくもなかったが、歯止めにはならなかった。

これほど人を愛することはきっともうない。それくらい互いを想い合っていたし、将来だって意識していた。けれど、結局その関係は一年半ほどで幕を下ろすことになった。

こんなに静かな別れってあるんだ。

テーブルの上のコーヒーは、一度も口をつけられないまま冷たくなっている。ダークブラウンの水面には、同じくらい暗い顔をした自分が映っていた。

別れがつらくないなんてこと、あるわけがない。愛情は薄れるどころか強まるばかりで、互いがいない未来なんて考えられなかった。たくさん苦悩したし、葛藤もした。これはその結果。

彼はすでに覚悟を決めていた。出ていった長男の代わりに社長の後継者として立ち、いろんな責任や枷《かせ》を負っていく覚悟を。決められた結婚もその一つだった。

大企業や名門の家というのは、個人の感情とは異なる理屈で動いている。社会に出てようやく二年になろうかという二人に、それに対抗する力も知恵もあるはずがない。

ただ拒み続け、その分だけ疲弊した。それでも離れたくないなんて嘆く気力は残されていなかった。

もう、終わるしかない。

互いにはっきりと理解していた。

『さようなら』

別れを口にしたとき、総司の目が潤《うる》んで見えた。目だけでなく、顔も、髪も、肩も、テーブルや、店内まで。

そのとき和香の瞳に映ったのは、ゆらゆらと揺らいでぼやける世界だけだった。

涙なんてとうに枯れたと思っていたのに。

彼がこのときどんな表情をしていたのか、今でも分からない。

二人の最後の思い出は、穏やかに降りしきる水の音だった。

苦しい別れのあと、和香は会社を辞めた。失恋の痛みだけでなく、政略結婚によって引き裂かれた御曹司とその恋人の噂が会社のあちこちで囁《ささや》かれたこともあり、とても居続けられる状態ではなかったのだ。

ちょうどその頃、親友がアンティークショップを始めようとしていたため、和香はそれに共同経営者として参加し、東京を離れた。二度と総司にも会社にも関わることはないと思っていた。

なのに、また顔を合わせることになるなんて。

メモを書き入れた書類をぱらぱらと見返している森川から、和香はゆるりと視線を外す。彼の背後では相変わらず雨が降り続いていた。

退職して五年。細々とやりとりを続けてきた元同期の彼から、企画のために話を聞かせてほしいとお願いされたのはつい先日のことだ。会社を辞めて以降、アンティークショップの経営で試行錯誤を重ねてきたが、その経験が前職の同僚の役に立つとは思わなかった。近くの支社に彼が異動してきていたこともあり、和香はその依頼を承諾した。

ひととおりの確認を終えた森川が力強く頷くのを目にして、和香はホッと息を吐く。

「ありがとう。倉田さんが相談に乗ってくれたおかげで、なんとか企画が形になりそうだよ」

「よかった、役に立てて。宗像百貨店の催事でアンティークを取り扱うのって初めてじゃない？　たくさんお客さんが来るといいけど」

「その前に、企画会議で最終のゴーサインをもらうっていう難関がまだ残ってるけどね」

テーブルの上でとんとんと書類をそろえながら森川は苦笑する。けれど、企画はきっとすんなり通ってしまうに違いない。同期だった和香は彼の優秀さをよく知っていた。

「森川ならいけるよ。私に手伝えることがあったら言ってね」

「ありがと」

手元の企画案に再度目を落とし、和香は頬を緩める。記載されているのは、会社が経営するデパートの催事フロアに骨董品《こっとうひん》店を集めて行うアンティーク販売イベントだ。アンティークのよさを多くの人に知ってもらういい機会になるだろう。外部の相談役としてしか関われないことが多少残念ではあるけれど。

「ほんと倉田さんが引き受けてくれて助かったよ。ごめんね、会社に呼んじゃって。支社とはいえ、あんまり来たくなかったでしょ」

「それは……」

彼があまりにも申し訳なさそうな顔をするから、和香はなんと答えていいか分からなくなる。

総司を除けば、森川は同期の中で一番親しかった。当然、和香と総司の出会いから別れまでを間近で見ている。和香がわざわざ本社のある東京から離れた地方都市にショップを構えたのも、総司から物理的な距離を置くためだと察しているだろう。

「否定は……しない。けど、支社だから、彼に会うこともないだろうし、手伝えることがあるのは嬉しいよ」

嘘でないことを証明するように微笑みを浮かべる。

すでに総司とばったり出くわしてしまったことは伏せておいた。本社勤務であるはずの彼が支社を訪れていることをおそらく森川は知らない。そうでなければ和香を呼ぶわけがない。ならば、黙っておいたほうがいらぬ心配をかけずに済む。

入社してからほんの二年で慌ただしく辞めてしまったせいで、この会社には世話になった人も迷惑をかけた人もたくさんいる。もちろん目の前の彼もその一人だ。その恩返しがほんの少しでもできるならしたかった。

しかし、森川はどうにも納得しかねたようだ。

「そう……？　なんだか、元気がなさそうに見えたから。ここに呼んだのは失敗だったかと思ったんだ」

微笑みが強ばりそうになる。

やっぱり隠せないなあ……

彼は本当に人をよく見ている。表情の変化が乏《とぼ》しくて感情が分かりにくいと言われる和香だが、昔から森川は不思議と見抜いてしまう。

けれども今は、正直な気持ちを吐露するわけにいかない。自分自身もまだ、突然の再会で湧き起こった感情を整理しきれていないのだから。

「久しぶりだから緊張してるだけだよ」

「なら、いいけど」

困ったようにほんの少し眉尻を下げて、たぶん彼は和香の誤魔化《ごまか》しも分かっている。

それでいてなにも言わないでくれるのがありがたかった。

打ち合わせはそのまま終わった。久しぶりだからゆっくり話したいという森川の食事の誘いを、予定があるからと丁寧に断り、和香は一人でエントランスフロアに下りた。待ち合わせの時刻にはまだ余裕がある。さてどう時間をつぶそうか。自動ドアのガラス越しに、いまだやむ気配のない雨をぼんやりと見つめる。

次の予定は、恋人との約束だ。総司のことは言えないな、と自嘲する。過去の恋を思い出にして次の相手に向かっているのは和香も同じだ。違うのは、紙切れ一枚、指輪一つのあるなしでしかない。なのに、勝手に置いていかれたような気持ちになるのは筋違いというものだ。

たぶん、自分は寂しいのだと思う。

かつて一つに重なっていた想いが、今は別々の方向を向いているということ。二人で積み重ねた思い出を同じ気持ちで分かち合うことはもうできないということ。

それを突然思い知って動揺しているだけ。

でも、実際それは大したことではないのだ。

想いが離れてしまっても、気持ちが冷めてしまっても、過去は変わらない。一番に大切な人と確かに想い合って、宝物のような時間を過ごしたことは、揺るぎない事実だ。

たとえ未来がなくても――いや、ないからこそ。全力で散った愛の記憶は色褪《あ》せることなく、尊い輝きを帯びる。過去が動きだすことは二度とない。思い出は永遠に美しいまま。それは和香にとって慰《なぐさ》めであり、幸福とすら言えることだった。

だから、束の間の邂逅《かいこう》など忘れてしまおう。そうして美しい思い出だけを大切にして生きていけばいい。

そうやって胸にわだかまる感情を振り切ろうとした。

なのに、不意に背後からかかった声を聞いて、つくづく意地悪な現実を恨みたくなった。

「どうして君がここにいるんだ」

どうしてなんて、こちらが尋ねたいくらい。

少し低めのハスキーボイス。五年ぶりなのにすぐに分かってしまうその声は、まさしく彼のものだった。

「……用事があったから」

一拍置いて和香は振り返った。

少し離れたところに総司が立っている。高めの身長。見上げる角度をごく自然に身体が思い出す。あの頃よりも少しがっしりしたかもしれない。彫りの深い男らしい顔立ちは相変わらず。

見蕩《みと》れそうになって、慌てて観察するのをやめた。

「仕事で来ていたのは知ってる。ミーティングフロアでさっき見かけた」

「私がいることに、気づいてたの？」

和香が驚きをにじませると、総司は不思議そうに眉を上げた。

「目が合っただろ？」

表情一つ変えなかったくせに。

反射的に浮かんだ文句は、きっと口にすべきではない。和香の瞳は今なお彼の手の中で光るものを映していた。

「……結婚、したんだよね」

「ああ」

総司は自分の左手を確かめるようにちらりと見た。その仕草に胸がちくっとする。

「おめでとう。すごく、今さらだと思うけど」

「……ああ」

短い返答の奥には、いったいどんな感情があるのか。五年ぶりの和香に分かるはずもなかった。

自分と別れてから彼と奥さんがどんな関係を築いてきたかなんて、想像もつかないし、踏み込んで聞きたいとも思えない。うまくいっていても、いなくても、微妙な気分になることは分かりきっている。

和香にできるのは、ただ和やかに当たり障りのない会話を続けることだけだった。

「久しぶりに会ったけど、元気そうで安心した」

「君も。退職してから店を開いたとは聞いていたが、詳しいことは分からなかったからな」

「うん、まあ……なんとかやってる」

「ならよかった」

総司がなにかを思案するようにやや視線を下げる。途切れた会話が気まずい空気を作り出した。

昔はこんなふうに互いが黙っても全く苦にならなかったのに。

些細ななにかに気づくたび、寂しいような虚《むな》しいような気持ちが少しずつ胸の内に降り積もっていく。さっさと会話を切り上げたほうがいいのかもしれない。和香が立ち去るタイミングを窺《うかが》っていると、彼の表情がにわかに真剣な色を帯びた。

「君は……もう二度と、俺の前に姿を現すことはないと思っていた」

持ち上げようとしていたつま先の動きがぴたりと止まる。そして元の場所に戻った。

「だから、支社とはいえ、社内で君を見かけて驚いた」

総司の視線がすっと上がり、和香を捉える。その眼差しの真っ直ぐさに、身体を縫《ぬ》いとめられた気がした。

「そんな……そんなわけ、ない。退職はしたけど、用があれば会社にだって顔くらい出すもの」

「そうみたいだな……」

和香は自分の心が見透かされないことを祈った。

本当は会いたくなかった。会うつもりもなかった。

和香にも総司にももう別の相手がいて、互いに別の未来を歩みはじめている。二人の道が交わることは永遠にない。顔を合わせたところで、失った未来を思って寂しくなるだけだ。過去は取り戻せない。

森川に頼まれて、文社だから平気だろうと油断してしまったけれど、こんな失敗は二度としない。

だから、総司の顔を見るのもこれで最後。今を穏便にやりすごせば、何事もなかったように日常に戻る。

――そのはずでしょう？

「和香、俺は――」

総司がなにかを言いかけたとき、和香の懐《ふところ》でバイブレーションの唸《うな》り声が上がった。

二回に分けて振動したあとあっさりと沈黙したそれは、おそらくメッセージの着信だ。すぐに確認すべきか悩んでいると、どうぞとでも言うように総司の手のひらがこちらを向いた。

「仕事の連絡だったら早く返したほうがいいだろ」

「……ありがと」

手早くスマートフォンを取り出してみると、メッセージは交際相手の矢野匠《やのたくみ》からだった。内容は端的な一文。

『ごめん、今日は会えなくなった』

自分の顔から表情が抜け落ちた気がした。

彼とは仕事の関係で知り合ったため、プライベートでも連絡は事務的になりがちだ。互いに自営業だから、突発的に用事ができる事情も理解はできる。

だけど、できれば今日だけは……会いたかった。この突然の再会に揺さぶられて不安定になった心を、恋人の顔を見て落ち着けたかった。

「なにかあったのか？」

怪訝《けげん》そうに問いかけられて、はっと我に返る。

「な……なにも。大したことじゃ、なかった」

笑おうとして無様に頬が強ばり、咄嗟《とっさ》に俯《うつむ》く。そして失敗したと思った。今の動きは不自然だった。絶対に動揺を悟られた。

硬い床を歩く控えめな足音がして、二人の間にあった距離が詰められる。間近に迫った相手の気配に緊張が高まる。

スマートフォンを握りしめたまま和香が身動きできずにいると、いきなり頬に男の手が触れて顎《あご》を持ち上げられた。

思ったよりも近くに総司がいたことにどきりとする。後ずさろうとするが、黒髪の下からのぞく鋭い目線で制された。至近距離で見つめ合う。彼の瞳の奥に、熱いものが見えた気がした。

「男から？」

「っ……そんなの、あなたに関係ない」

「和香」

「離してっ」

手荒くその腕を払い除け、後ろに下がる。これ以上近づかれたら、冷静さを保っていられないと思った。

「のどか……？」

かすかに揺れる声は、彼の戸惑いを表している。まるでこちらの拒絶に傷ついているみたいに。やめてほしい。情のようなものが込み上げそうになる。

和香は気持ちを落ち着かせるためにゆっくりと息を吐いた。

「お願い、やめて。私は今さら、あなたと関わる気はないの」

強い言葉で、はっきりと線を引く。固く握りこまれたこぶしを視界のすみに捉えたけれど、あえて無視した。

やっとここまで立ち直ったのだ。

つらい失恋を乗り越え、普通に恋愛ができるようになるまで、とてつもない時間を要した。この五年間は、ほとんど痛みを忘れるためにあったといっていい。

なかったことにするには思い入れが深すぎて、けれどいつまでも心の真ん中に置いておくには悲しすぎる。ようやく美しい思い出として顧《かえり》みられるようになったのだ。

なのに、こんなふうに触れ合ってしまったら、心が引き戻されそうになる。

総司は黙り込んで眉根を寄せていた。そんな顔をするのは、彼だってつらかった別れを覚えているからではないのか。自分たちがともにいることは、じわじわとした痛みをかもすだけで、きっとなんのプラスにもならない。

「ごめんなさい。……さよなら」

一方的に告げて、総司に背を向け、オフィスを出た。外はやはり雨が降っている。

別れた日と同じなんて、いやな偶然。

心の中でぼやき、手にしていた傘を広げ、和香は道路に踏み出した。

かつかつかつとヒールが地面を叩く音がする。水溜まりの水が跳ね上がり、靴とストッキングを汚していく。けれど、和香の意識は別のところにあった。

時刻はゆっくりと夜に差しかかり、定時で上がった勤め人たちが街中を賑《にぎ》わしはじめる。きらめく街のネオンと人々のざわめきを眺めながら、和香は先ほどの総司との会話を思い返していた。

はっきりと拒絶したことに後悔はない。穏やかに別れられなかったことが残念ではあるけれど、向こうがそうさせなかったのだからどうしようもない。

向こう――総司は、いったいなにをしたかったのだろう。彼はなにかを言いかけていた。既婚者でありながら、あんなふうに触れてくるのはどういうつもりだったのだろう。

「……もう、終わったことか」

ぽつりとした呟きは雑踏の中にまぎれていく。

今度こそ彼とは二度と会わない。最後が後味の悪いやりとりになってしまったけれど、それこそ忘れてしまえばいい。

人混みの中を歩きながら、大丈夫、大丈夫と胸の内で繰り返した。

通りをひたすらに進むと、やがて駅前にたどり着く。このあたりの中心的なターミナルは、いくつもの路線が乗り入れ、手前に広々としたロータリーを備えている。

このあとの予定がなくなった和香は真っ直ぐ帰宅すべく改札口に向かおうとした。だが、帰宅ラッシュが始まっている駅構内はひっきりなしに人が行き交い、互いに避けつつ進まねばならない。

知らず速くなっていた歩みを緩めた和香は、雑踏の中に見知った顔を見つけ、ぴたりと足を止めた。

向こう側からやってくるのは一組のカップルだ。その片方が、自分のよく知る人物だった。その男は矢野――約束をドタキャンした恋人だった。

どういうこと？　仕事相手と用事で通りかかっただけ？

そんな憶測はすぐに的外れだと分かる。その隣の見知らぬ女性がごく自然な仕草で彼の腕にしなだれかかったのだ。

和香が言葉を失って立ち尽くしていると、こちらの存在に矢野も気がついたようだ。互いの視線が一瞬だけぶつかる。けれど、彼は平然とした様子で傍《かたわ》らの女性へ微笑みを向けた。

「近くに美味しい店があるんだ。予約していないから空いているか分からないけど、どう？」

「いいわね、行きましょう。ごめんね、私が突然会いたいなんて言ったから」

女性は男の腕をさらに引き寄せ、甘えるように頬を預ける。

やめて――喉からほとばしりそうになった叫び声を、和香は寸前で押しとどめた。

楽しそうに行き先を決める会話には、深い仲の男女に特有の親密さが漂っている。彼らが、ただの友人や仕事の付き合いといった関係であるはずがない。

どうして？　矢野さんの恋人は、私じゃないの？

頭の中は混乱でいっぱいだった。

浮気という言葉がふっと浮かぶが、おそらくそれは能天気すぎる思考だ。

こちらのほうが約束は先だったのに、彼女の急なわがままを矢野は優先した。和香に見られていることを分かっていながら弁解しようとする素振りもなく黙殺する。それがなにを意味するか。

呆然と二人を見つめていることしかできない和香の肩を不意に誰かの力強い手が引き寄せた。見上げると、昔よりもいくぶん精悍《せいかん》さを増した横顔がそこにある。

「そうじ……」

どうしてここに。まさか追いかけてきたのか。

彼は前方の男女に鋭い視線を向け、冷たく目をすがめていた。大体の状況を察したのかもしれない。

こんなところを、見られるなんて……

ぽろりと涙がこぼれ、慌てて指先で払う。続けてあふれ出しそうなしずくをぐっと呑み込んだ。

泣いてはダメ。我慢して。

懸命に自分に言い聞かせる。だって、今泣いたら、あまりにもみじめだ。

けれど、もう一度前を向く勇気は持てそうになかった。再び彼らの姿を目にしたら、きっと涙が止まらなくなってしまう。和香にはただ唇を噛んでじっとこらえることしかできない。

するとそのとき、総司の手が肩を優しくとんとんと叩いた。大丈夫、とでも言うように。

「行こう」

図らずも男性二人の声が重なって、二組の男女がすれ違う。その瞬間を、まるでスローモーションのように感じた。

俯《うつむ》いた視界の中、近づいて遠ざかる革靴。機嫌良さげな女性の声と、それに応じる和やかな声。

矢野が和香に対してなんらかの行動を起こすことはついになかった。

呆気ない幕引き。さよならの言葉や言い訳さえなく、無視という形で切り捨てられた。

彼にとって自分はその程度の存在で、それを最後の最後に思い知らされた。

「…………っ」

矢野たちが去って十分な時間が経ってから、ようやくほんの少しだけ嗚咽《おえつ》を漏らす。

仕事の相談に親身に乗ってくれた彼を、和香は心から信頼していた。失恋の傷が癒《い》えるまで交際を待ってくれて、だからこそきちんと向き合いたいと真面目に考えていた。

こんなふうに裏切るような人ではないと思っていた。

涙のしずくがぼろぼろと落ちていく。公共の場でなんとみっともない。けれど止められない。泣き声を抑えるので精一杯だった。

「かぶっとけ」

総司の低い声とともに頭になにかがかぶせられる。布の感触からスーツの上着だと分かる。彼の優しさに涙の勢いがさらに増した。

「ごめん、総司。ごめん……」

関わるつもりがないとまで言ったくせに、今彼がここにいることに和香は救われている。情けないところを目撃されて恥ずかしい思いもあるし、どうして追ってきたのかという疑念もある。けれど、こんな公共の場で一人泣き顔をさらす孤独を感じずに済んだのは、彼のおかげだ。

「いいから、気にするな」

「ごめ……っ」

まともに声を出すことすらままならなくなった和香の腕を引き、総司はどこかに向かって歩きだした。

おそらく衆目《しゅうもく》のない場所に連れていくつもりなのだろう。傷ついている人を放っておけない、情に厚い性格は昔のままだ。

彼の匂いに包まれたまま、和香は黙ってその大きな手に従った。

背後でドアの閉まる音がしたところで、総司から声がかかった。

「もうかぶってる必要ないぞ」

「……ここは？」

頭を覆っていた上着を取り去り、和香はあたりを見回した。顔を隠していたせいで、どのように移動してきたのかいまいち把握できていない。見たところホテルの客室のようだ。ベッドは一つだが、部屋はゆったりと広い。

「俺が宿泊してるホテル。近かったから連れてきた」

そう、と和香は特に動じることもなく頷く。ほかの男に連れてこられたなら警戒するところだが、相手は総司だ。そういった下心をいだくタイプではない。

回収した上着をハンガーにかけてから、総司は和香をベッドに座らせた。

「しばらく休め。ここなら泣きわめいても問題ないだろ」

目尻を濡らすしずくを指先で拭われて、一度収まっていた涙がまたじわじわと込み上げてくるのを感じた。二人の睦《むつ》まじい様子が目蓋《まぶた》の裏に焼きついていて、些細なきっかけにも涙腺を刺激されてしまう。

頬を伝った涙がぱたぱたとスカートに染みを作りはじめたところで、顔にタオルを押しつけられた。

「さっきの男が、好きだったのか？」

総司の声音が硬い響きを帯びていた。

「……付き合ってたの。私はそのつもりだったの」

受け取ったタオルで顔をふきながら答える。化粧が無惨なことになっていそうだった。いい大人なのに。きっと総司も呆れている。

ふっと鼻で笑う音が聞こえて、和香は鋭い眼差しを向けた。

「二股なんてされて、馬鹿だと思ってる？」

「いや……その場で男を責めて修羅場になったりしないのが和香らしいと思った。そんなに泣くんなら、もっと必死ですがればよかっただろ」

「そんなこと、しない。意味がないもの……見苦しいだけ」

和香よりもあの女を優先した時点で矢野の中では結論が出ている。すがりついたところで、引かれこそすれ、気持ちが戻ってくる可能性など万に一つもない。みじめな女が一人取り残されるのがオチだ。

「そういうところだと思うけどな」

和香に足りないのは。

淡々と分かったような口をきかれ、ささくれていた気持ちがはっきりとした苛立ちに変わる。

「どうしてそんなこと、総司に言われなきゃいけないの？　すがったって、無駄じゃない」

「無駄とは限らない」

――無駄、だったじゃない。

思い出すとまた目元が熱を持ちはじめる。

総司だって身をもって経験したはずだ。なのに、どうして否定するようなことを言うのだろう。

「私は……誰かを想う綺麗な気持ちが、醜《みにく》く歪んでいくのに耐えられないの。好きだった人のいやなところを見たくない。綺麗な気持ちでいたいし、綺麗な思い出だけ覚えていたい」

「だから、俺のことも思い出にしようとしている？」

冷たい声で問われた次の瞬間、タオルを奪い取られ、和香はベッドに押し倒されていた。唖然として総司を見上げる。

密室に二人きりとはいえ、彼がこんな行動に出るとは想像していなかった。嫌がる女性に無理やりなんて、最も嫌悪していそうなことなのに。

しかし、部屋に入ってからどこかとげのある態度だった彼は、今や剣呑《けんのん》な空気を隠そうともしていない。和香は負けじと睨みかえす。

「思い出にしようとしてるんじゃない。したの。私たちはもう五年も前に終わったでしょう」

突き放そうと硬い胸板を押す。だが、びくともしない。こちらの手を掴み、総司はやるせなさそうに口元を歪めた。

「確かに、終わらせるつもりだった。和香に会うことがなければ」

「どういう意味？　恋人に捨てられて傷心の元カノを慰《なぐさ》めてくれるとでも？」

「……そうだな。お望みとあらば」

そこで不敵に口角を上げる。彼の本気が垣間見えて、和香は絶句した。

結婚していることを当てこするくらいのつもりだったのに——その薬指の指輪は飾りなの？

自分の知る総司は、決してこんな不誠実なことをする人ではなかった。不本意な結婚であったとしても、きちんと操《みさお》を立てるような情け深い人だったはずだ。

——なら、目の前のこの男はいったい誰？

疑心暗鬼に陥《おちい》りそうだった。

信頼していた恋人には二股されて裏切られ、思い出の恋人には不埒《ふらち》な関係を持ちかけられる。和香が大切にしてきたものは、いったいなんだったのだろう。

もやもやとした感情が、お腹の底から湧き出してくる。

暗い感情で、自分の内側がずぶずぶと沈められていく気がした。きらきらしていたはずの好きという気持ちが汚く澱《よど》んだもので塗りつぶされていく。

こうなるのが、なによりもいやだったのに。

綺麗なものを台無しにされることが一番つらい。

和香の中で、張り詰めていたものがぷつんと切れた。

「――だったら、慰《なぐさ》めてよ」

低い声で言い放ち、彼の首筋にするりと手を這わせた。見下ろしてくる目がわずかに見開かれて、その表情にほんの少しだけ溜飲を下げた。

「慰《なぐさ》めて、総司……」

甘えるような色をにじませ、涙に濡れた瞳でねだれば、ごくりと目の前の喉仏が上下する。

「いつの間に、そんな誘い方を覚えたんだ……」

「五年も経ったんだよ。いろいろ経験してるに決まってる」

煽《あお》ったのはわざとだった。

総司のあとに付き合ったのはたった一人だけのくせに、どうやったらこの男の冷静な仮面を奪えるのか、手にとるように分かった。

「違いない」

獰猛《どうもう》な笑みを浮かべた彼がブラウスに手をかけ、裾をスカートから引き抜く。その様子を眺めながら、このままめちゃくちゃにしてくれればいいと願った。

傷ついて傷ついて、どん底にまで落ちたら、あとは浮上するだけ。汚いものを洗い流すのだ。

やさぐれた和香の唇になにかが触れる。柔らかく重なるのは自分のものよりも少し硬い唇だ。

優しいキスは、昔と同じ。

もしかしたら、本当は変わったことなんてなにもないのかもしれない。

強がりなくせに和香は脆《もろ》くて、総司はそんな和香を放っておけない。

口にする言葉ばかり大人ぶって、自分たちはなにも進歩していないのかもしれない。

大きな手が身体を撫で回しはじめて、とりとめのない思考は頭の片隅へ追いやられる。

「……っ」

思わず漏れそうになった声を吐息に混ぜて逃がした。

久しぶりの行為で想像以上に敏感になっていることを自覚し、表情を隠すように横を向く。眉をひそめてしまったのはほとんど無意識だった。それでも総司は目敏《めざと》く気づいてしまう。

「どうした？　やっぱりやめるか？」

「やめるわけ、ないでしょ……」

冷笑交じりの問いかけに半ば反射的に言い返しつつ、眉間にこもった力を緩めた。

――こんなこと、全然大したことじゃない。

そう自分に言い聞かせて、動物的な行為に意識を集中させようとする。

本当は、彼と別れてからベッドをともにした男など一人もいない。付き合いはじめて三ヶ月になる矢野ですら、互いにタイミングが合わないまま身体の関係に進むことなく、あんな結末を迎えてしまった。

その直後に既婚者の元カレとホテルにいるなんて、冷静さを取り戻すとまたみじめな気持ちになる。

今はなにも考えず、激しい行為に没頭していたかった。

なのに、総司の触れ方はその口ぶりに反してとても繊細だ。衣服の裾から入り込んで腰回りを撫でる手も、首筋をたどる唇も、じれったいほど慎重で、優しい。

そのことに、胸が痛くなるような感情を呼び起こされそうになり、和香はたまらず自らブラウスのボタンに手をかけた。

「もしかして、遠慮してるの？　知らない仲じゃないんだから、好きに触ればいいのに」

挑発的な口調でそう言い、胸元に視線を落としてボタンを上から外していく。

しかし、すぐさま伸びてきた手が勝手な行動をとがめるように、ボタンにかかった指を押さえつけた。拘束から逃れようと手に力を込めると、さらに強く握られる。

「なにするの。離して」

視線を跳ね上げ、ぴしゃりと口にしてから、揺るぎない真っ直ぐな目に捉えられて息を呑む。見つめ合ったまま、重苦しい沈黙に耐えていると、やがて淡々とした声が返ってきた。

「そういうのは、いい。脱ぎたいなら俺が脱がせてやるから」

「そういうのって？」

「なんとなく……焦っているだろう」

湖面のような瞳に心の奥底までも見通された気がして、一瞬表情が強ばった。

「ちがっ……………もの足りないだけ。もっと激しいのがいいの」

「激しいほうが好きなのか？」

「ええ」

「ずいぶん好みが変わったんだな」

「当たり前でしょ」

五年も経ったのだから。

和香が意図したのはその程度の意味合いだった。けれど彼は違ったふうに読み取ったらしい。

「――確かに、歪んだ性癖を持ってそうな男だったからな」

吐き捨てるような呟きはどうやら、駅で見かけた矢野を指して言ったもののようだ。

矢野の性癖など和香の知るところではないが、総司が浮かべた苛立ちの表情は好都合に思えた。

「――そう。だから、こんな触れ方じゃ全然足りない」

緩んだ拘束から両手を引き抜くと、がっしりとした首に腕を絡める。

「もっと激しくして」

「断る」

こちらの精一杯の誘惑を即座に切り捨てつつも、それを口にする顔は限りなく無表情だった。目が不快そうにすがめられている。静かに怒りを燻《くすぶ》らせているとき、彼はよくこんな顔をした。

瞬間的にひるんだ和香に与えられたのは、先ほどよりも濃厚なキスだった。貪《むさほ》るようなロづけは情熱的ではあるけれど、やはり荒っぽさはない。丹念に唇と舌を味わい、口内を犯す巧みな愛撫に、身体から力が抜ける。

「……んっ」

上顎《うわあご》の真ん中を熱い舌先でくすぐられると、あえかな声が鼻に抜けた。

触れ合った場所から全身に広がる甘い痺《しび》れに、思わず身をよじる。そして悔しさが込み上げた。

――五年も経っているのに、どうして私の弱点をこんな正確に覚えているの？

単に記憶力がいいだけだ。そうに決まっている。

ちらりと脳裏をよぎった馬鹿な妄想は、なかったことにした。

総司はひとしきり和香の口内を味わい、思う存分翻弄《ほんろう》して、ようやく上体を起こす。

「ほかの男なんて、知るか。俺は俺のやりたいようにする。遠慮はいらないいんだろう?」

唇を濡らす唾液をぺろりと舐めとる仕草に男の色気を感じ取り、不覚にも胸が高鳴った。思わず頷いてしまうと、彼の動きは早かった。

はだけていたブラウスを脱がせ、下着からのぞく胸の谷間に口づけし、肉厚な舌を白い肌の上に這わせる。かと思えば、背中に手が回されて、平均よりやや大きめの胸を支えていた下着があっさりと緩んだ。

腕から肩紐を引き抜かれつつ乳房の先端を吸われて、お腹の奥に熱が灯るのを感じた。それを煽《あお》り立てるように総司の指や唇が柔らかな双丘を弄《もてあそ》ぶ。

与えられる快楽に和香は素直に溺《おぼ》れた。

激しかろうと激しくなかろうと、理性を奪い去ってくれるのならどちらでもよかった。

たとえその手つきが、記憶の中のものと全く変わらない、懐かしさを覚えるものだったとしても。

邪魔な感情など頭から締め出してしまえばいい。

唇からあふれ出す声をこらえることもなく、ただ従順に、貪欲に、彼のもたらす甘い刺激に身を委《ゆだ》ねる。

乳首を指の間でくりくりと転がされると、腰のあたりがひときわ強く疼《うず》き、羞恥心もかなぐり捨てて和香はねだった。

「そこ……っ、気持ちいい……もっとしてっ」

こんなはしたない台詞、人生で一度だって口にしたことはない。総司はギラついた瞳でこちらを射貫くと、もう一方の乳首を口に含んで両方を同時に押しつぶした。

喉から高い嬌声がほとばしる。

そうしているうちにも彼の左手は肌を覆う布地を一枚ずつ確実に取り除いていき、ストッキングを剥《む》かれてあらわになった太腿を卑猥な手つきで撫で回す。

そのとき、かすかな硬い感触が肌に引っかかるのを感じて、それが彼の薬指にはまる指輪だと和香は気づいた。

瞬間、舞い戻りそうになる理性を撥《は》ねつけるように声を発する。

「それ、外してっ」

「それ？」

「指輪！」

「……ああ」

はっきりと告げると、総司はなんでもないことのように薬指からそれを引き抜いた。

そのことに、こちらのほうが胸をざっくりと切られた心地がする。

そのリングが彼の指にはまっているという事実に、この五年間和香がどれだけ苦しんだと思っているのだろう。

そんな思考がかすめることすら今は煩《わずら》わしい。

幸い、と言っていいものか、サイドチェストに無造作に指輪を置いた総司はすぐに戻ってきて濃密な行為を再開した。だから、そのリングが和香の意識に影を落としたのはほんの束の間のことだった。

滑らかな手際でショーツを脱がされると、一糸まとわぬ姿が総司の眼前にさらされる。

その目が一瞬まぶしげに細められたのには、なにか意味があったのだろうか。

ふと浮かんだ疑問の答えを探している余裕はなかった。彼の指が、五年間誰にも許さなかった内側へそっと挿し入れられたからだ。

「あっ……ん、ん……」

ぴくり、と肩を揺らし、すがるものを求めてシーツを掴んだ。

密かに心配していた痛みや違和感は全くない。感じるのは不思議なほど身体に馴染《なじ》む心地よさだけだ。久しぶりだから、少々敏感になっている。気になったことといえばそれくらいだ。

「――んっ、はぁ……んぅっ」

無骨な男の指が繊細な動きで内部を探る。角度を変えるたびに卑猥な水音が室内に響く。しとどに濡れていることを知らしめられて、それにすら興奮を煽《あお》られてしまう気がした。

和香が唇を引き結んで感じ入っていると、秘筒をかき回すのとは別の指があふれた蜜《の》をすくって花芽に塗りつける。途端に鋭い電流が体内を走り抜けて、びくんと全身が仰け反《ぞ》った。

「あぁっ！」

荒い息を吐き出しながら、己のあまりの感度のよさに呆然としてしまう。いくら長らくこういった行為から遠ざかっていたとはいえ、ここまで感じやすくなることがあるのだろうか。

そんな内心に生じた小さな動揺を落ち着かせている暇《いとま》はなかった。総司が硬く張り詰めた花芽とその裏側を指で挟み込み、さらになぶってきたからだ。

「――っ!! ――あぁあ、だめ!!」

目も眩《くら》むような快楽に貫かれて、目尻からぱたぱたと涙がこぼれた。自身の反応の大きさに恐怖すら覚える。和香は掴んだシーツにすがりついていることしかできない。苦しいくらいに乱れた呼吸の音が二人の間の空気を震わせる。

なのに、総司は攻めの手を一向に緩めようとはしなかった。それどころか、暴力的なまでの快感を生み出すその小さな突起をいっそう攻め立ててくる。

包皮を剥《む》かれ、無防備に露出した陰核を直接擦られれば、腰が勝手にびくびくと跳ねた。痛々しく勃起したそれを指先でピンと弾《はじ》かれると、圧倒的な熱の奔流《ほんりゅう》が体内を駆け巡り、意識が飛ばされそうになる。

そんな容赦のない責め苦を延々と続けられ、和香はとうとう泣き言を漏らしてしまう。

「待って、そんなに強くしないで！　感じすぎるから……っ」

すると、秘所をまさぐる動きがぴたりと止まり、ホッと息をつく。

だがすぐに今度は胸の谷間にちりっと痛みが走った。

目をやれば、いつの間にそこに顔をうずめていたのか、総司が噛みつくような口づけを落としていた。即座に声を出せずにいると、ちゅうっというリップ音とともに再度強く皮膚を吸われる。

「な……ど、どうして痕《あと》なんか……っ」

息も絶え絶えに非難すると、彼の目が滾《たぎ》るような怒気をはらんでこちらを向いた。

「こんな……ほかの男に開発されたのが明らかな反応を見せられて、気分がいいわけがない！」

口元を手の甲で拭いながら舌打ちまでされて、とんでもない言いがかりにわなわなと震える。

どうしてそんなことを総司に言われなければならないのか。

――まるで、嫉妬してるみたいじゃない。

違う、そんなはずはないと否定したかったのに、再び蜜壺に触れた手がさらなる刺激を送り込んできたせいで、思考は混濁する。

「あ……っ、待って！　ほんとうに、今日は……っ、身体が、おかしいの……っ！」

「言い訳なんてしなくていい」

端的に切り返されて和香は歯噛みした。

一方的に勘違いしておいて、なんて言い草だ。

それでも切なげに歪んだ顔を目にすると、文句を言ってやろうという気も失せてしまう。

次々に呑まされる嵐のような官能も自分に対する独占欲の表れなのかと思ったら、怒りよりも喜びがまさってしまう。そんなふうに感じるべきではないのに、ままならない己の感情に唇を噛みしめる。

目元に涙をにじませてひたすら体内で荒ぶる快楽の波に耐えていると、やがて膣内を苛《さいな》んでいた指が引き抜かれ、ばさりと白い布地に視界を覆われた。それはすぐに取り払われ、代わりに目の前には広く逞《たくま》しい胸板が現れる。

その刹那、熱いなにかが胸に込み上げるのが分かった。

脱いだワイシャツと肌着を総司がベッドの傍《かたわ》らの椅子に放る。皮膚の上からでもはっきりと分かる筋肉の動きが和香の目を引きつけて離さない。

昔の彼も決して貧弱ではなかったが、ここまで筋肉質でもなかったように思う。

――五年が経ったんだ。

唐突に、胸を突かれる思いで、理解した。実感してしまった。

今、目の前にいるのは、別れてから五年の月日を過ごした総司なのだ。

そのとき和香の胸中に湧き起こった感情は、寂しさでも悲しみでもなかった。――喜びだ。

だって、彼の未来の姿をこうして目にすることなんて、叶わないはずだった。

深い悲しみの中で手放したはずの未来。その一端が、今ここにある。

誰よりもそばで想い合っていた日々が突如鮮明によみがえり、嗚咽《おえつ》が漏れそうになった。

歯を食いしばってこらえていると、緩めたスラックスから屹立《きつりつ》を取り出した総司が顔を上げ、互いの視線が絡み合う。

相手の覚悟を問いただすような強い眼差しが、あの頃の彼に重なった。

「挿《い》れるぞ」

「あ……」

ぴたりと丸い先端が押し当てられるのを感じて、和香は処女のように身を固くする。それでも十分に濡れそぼったそこは、呆気ないほどすんなりと相手を受け入れてしまう。ずるり、と己の内側を埋める充足感に全身の肌が粟立《あわだ》った。ほとんど無意識に高い啼《な》き声を上げると、そこににじむ悦《よろこ》びの色を感じ取ったのか、腰をぐりぐりと押しつけられた。

「やぁっ……いきなり、そんなふうにしたら……っ」

「イク、とか言うなよ。まだ始めたばかりだからな」

「……っ」

情熱的な触れ方も、強い眼差しも、昔と全然変わらないくせに、口にする言葉は昔と違って全然優しくない。

五年が経った。体格が変わった。それ以上に——関係が変わってしまった。

なら、この胸に湧き上がる感情はいったいなんなのだろう？

終わった恋の残滓《ざんし》がかすかに疼《うず》いているだけだ。意味などない。無視してしまえばいい。

——本当に？

まとまりのない感情は身体的な感覚に凌駕《りょうが》されてかき混ぜられる。

ぐっと奥深くを穿《うが》たれて涙が出た。なんの涙なのかもう分からない。

力強い律動に揺さぶられながら、和香は胸の内で自嘲する。こんなにも高ぶってしまうくらいに、自分は総司との再会に感動していたのか。

自覚はなくても身体の反応は雄弁だ。彼に触れられるだけで、女の肉体は容易《たやす》く歓喜し、悦《よろこ》びの声を上げる。

己の上に覆いかぶさり、眉根を寄せて快楽に耐える男の顔を見上げた。こめかみから伝った汗がこちらの胸元に落ちてきて、たったそれだけのことに無性に胸がときめいてしまう。

その頬に触れたくて伸ばした手は、けれど迷って肩に回した。恋人でなくとも、情事の最中ならこれくらいの触れ方は自然だろう。

かつてないほど高揚していた和香は最奥を叩く抽挿にすぐに達しそうになった。そのたびに総司は絶妙に加減してこちらを焦らした。そんなことを何度か繰り返しているうちに彼にも限界が近づいてくる。

「く……」

かすかなうめき声が上がって、男の太い腕が和香を抱き寄せる。その直後、硬い先端がぐぐっと奥の行き止まりに押しつけられ、次の瞬間、収縮するような動きをお腹の奥が捉えた。

熱いものが広がるような感覚はイメージから来る錯覚だったのかもしれない。総司は避妊具をつけていたのだから。

和香は彼と同時に達していた。焦らされ続けたあとの絶頂はあまりにも強烈で、ふわりと身体が浮き上がるような多幸感を覚えたところで記憶はぷっつりと途絶えている。和香はそのまま気を失ってしまったのだった。

翌朝、和香は案の定頭を抱えていた。

ホテルの客室の洗面所は照明が明るく、沈んだ気分が浮き彫りにされる。あまり見たくもない鏡の中には目を真っ赤に腫《は》らした残念な女が立っていた。化粧は中途半端に剥げている。

最悪。

自暴自棄になっていたとはいえ、総司を自ら求めてしまった昨夜を思い出し、洗面台に手をついてうなだれる。なんて迂闊《うかつ》なことを。

いくら元恋人といえど相手は既婚者だ。たった一度でも不倫は不倫。感情的になっていたことは言い訳にならない。

しかも、行為の最中にやたら感傷的な気分になって、ひどくよがってしまった。穴があったら入りたい。あんなのはシチュエーションに酔っただけだ。そう自分に言い訳したくなる。

落ち込む気持ちにさらに追い打ちをかけたのは、丁寧にクローゼットにかけられていた衣服だった。昨夜は総司に脱がされてそのあたりに散らかっていたはずなのに、きちんとしまわれていたということは、和香が寝入ったあとに彼が片付けたのだろう。

そんなマメさをいつの間に習得したのか。奥様にしつけられたのかなどと勘ぐってしまうのは、決して穿《うが》ちすぎではないと思う。しわのない袖に腕を通しながら、このうえなく申し訳ない気持ちになったのは言うまでもない。

ちなみに当の旦那様はまだ眠っている。この隙に立ち去るべきか、否か。先ほどからその二つの選択肢が頭の中をぐるぐると巡っていた。

しかし、その結論はあっさりと下されることになる。備え付けのアメニティで見つけたメイク落としで顔を洗っていたところ、ベッドルームで総司が起きだす気配がしたのだ。

もう逃げることは叶わない。肌の水気を拭き取り、見苦しくない程度に身なりを整えた和香は、覚悟を決めて部屋に戻った。

「あの……昨日は、ごめんなさい」

入り口から半身をのぞかせ、おそるおそる謝罪する。寝衣を身にまとった彼はこちらの姿を視界に捉えると、ベッドに腰かけた状態で固まっていた。しばらくして、はーっと長い息を吐きながら全身を脱力させる。

「帰ったかと思った……」

その呟きに、和香はどんな顔をしていいか分からなかった。

帰れるものならよほど帰ってやりたかった。だが、それはあまりにも不義理だと思ったのだ。

「一応、昨日は助けてもらったから……ありがとう」

迷惑をかけてごめん、というのは最初の発言とかぶるので呑み込んだ。

返ってきたのは「ああ」だか「うん」だか曖昧《あいまい》な返事だけだった。

総司はそれきり口元を手で覆い、朝日の差し込む窓へ顔をそむけてしまう。その横顔がどうにも苦虫を噛みつぶしたように見えて、もしかしたら自分が残っていたのはまずかったかと和香は不安になった。

――そうよね。不倫の事実は変わらなくても、顔を合わせずすっぱり別れたほうが後腐れなく一夜の過ちで済むもの……

きっと彼も昨夜の行いを後悔しているのだ。

「あの……私は、これで。お礼を言いたかっただけだから」

空気を読んで出ていこうとすると、総司が焦ったふうに立ち上がった。

「待て」

「え？」

動きを止めた和香のもとに彼が足早にやってきて手を伸ばす。しかしその手は、触れることを躊躇《ためら》うように虚空《こくう》をさまよい、やがてゆっくりと下ろされた。代わりに、荒っぽい手つきで自身の前髪をかきあげる。あらわになった眉間には深いしわが刻まれていた。

「総司……？」

怪訝《けげん》に思って顔をのぞき込むと、ややあってから意を決した強い眼差しで見つめ返される。

「和香、その……これからも、こんなふうに……会って、くれないか」

瞬時に意図が掴めなくて、和香は真顔になった。

こんなふうに。それは、昨夜のような行為をこれからも続けていきたいということだろうか。

理解が脳の中心に達すると同時に、身体が強ばった。

「なにを、言ってるの……？」

そんなのダメに決まっている。それはもう過ちですらなく、本気の不倫だ。道理から完全に外れてしまっている。総司だって理解しているはずだろう。

しかし彼は、こちらの反応など分かりきっていたかのように、ただ薄く苦笑するだけだった。そうして沈痛な面持ちで口を開く。

「やっぱり、俺は……君のことが、諦められない。好きなんだ、和香」

好き。

甘いはずの響きが、まるで別物みたいだった。

その声が頭の中で何度もリピートする。けれど、それをどう受け止めていいのか分からない。呆然として頭がうまく働かなかった。

「好きって……なに？　あなたにとってそれは、別の人との指輪をはめていても口にできる言葉なの……？」

浮かんだ疑問をそのまま口にすると、総司は苦しげに表情を歪めた。

「だったら、なんて言えばいい。離婚……する、と、言えばいいのか？　そんな口先だけの約束を、君は信じるのか？　和香なら……俺の気持ちが分かるんじゃないのか」

卑怯な言い方。

和香なら。そんなふうに言われれば、無理やりに引き裂かれた失恋の記憶がまたずるりと引き出されてしまう。

二人が積み重ねた苦悩と葛藤。そして、どれほど自分が彼を愛していたか。

夕べ重ね合わせた肌にはまだ、熱く抱き合った感触が生々しく残っている。それに手繰り寄せられるように、思い出の中の感覚や感情が再び現実の色を取り戻していく。

総司の気持ちが、痛いほどよく分かる。

和香だからこそ、分かってしまう。

でもダメだ。それは、分かってはいけないものだ。

彼の目がすがるように和香を見つめている。その頬に触れて、抱きしめてあげたい。そうできたらどんなによかったか。だけど――

「ごめん……総司。私は分かってあげられない……ごめん……」

震えそうな声で告げると、見つめ合った瞳に失望の色が広がっていく。それを悲しい気持ちで眺めた。

こんなことで、彼に道を踏み外させるわけにはいかない。二人の真っ直ぐだった恋に汚点を残すこともしたくない。だから突き放すしかなかった。

ごめん。きっと何度言っても足りない。拒絶して傷つけることしかできないなら、もっと徹底的に総司を避けるべきだった。油断なんてしてはいけなかった。今さら後悔しても遅い。

今の自分にせめてできることと言えば、すみやかにこの場から姿を消すことくらいだ。

「ごめんなさい……本当に、さよなら」

「和香！」

名前を呼ばれたけれど、彼がそれ以上の行動に出ることはなかった。バッグを手にした和香は半ば走る勢いで客室を飛び出し、黙々とエレベーターを目指した。

ホテルのエントランスを出て五歩くらい進んでから、ようやく背後を振り返る。

　予想どおり、昨日のように追いかけてきているなんてことはなかった。ロビーを行き交うのはホテルマンと、チェックアウトや朝食に向かう宿泊客だけだ。

　きらびやかな内装や人々の洗練された振る舞いから、普通のビジネスホテルよりもいくらか格上なのが察せられた。

　そう、総司がいるべきなのはこういう世界。お金や肩書きがあるとかではなくて、教養や品性を備えて人々の先頭に立つ人なのだ。

　だから、後ろ暗いことなど抱えずに、常に堂々と明るい道を歩んでいてほしい。彼のそういうところに和香は惹かれたのだから。

　自分の考えを自覚して、くすりと悲しい笑みがこぼれる。

「結局、たった一晩でひっくり返されちゃったな……」

　五年かけて消し去った想いは、実際のところ全く吹っ切れていなかったらしい。

　込み上げる寂しさを胸の奥にしまい込み、そっとホテルをあとにした。

「矢野さんはそういうタイプだったかあ……。やっぱり和香に一言でも注意しておけばよかった」

　一度自宅に戻ってからショップに出勤した和香がひととおりの説明を終えると、共同経営者であり、長年の親友でもある有紗《ありさ》は憤《いきどお》りもあらわに顔をしかめた。

店内に客の姿はなく、二人はそれぞれに商品の陳列や整理で手を動かしつつ雑談に興じている。

有紗の溌剌《はつらつ》とした印象の顔立ちには悔しげな色がにじんでいた。しくじったとでも言わんばかりのその反応を和香は不思議に思う。

「注意って、有紗は知っていたの？　私はとてもショックだったんだけど」

「それは……うーん、別に分かってたわけじゃなくて。ただ、なんとなく胡散《うさん》臭いなーって思ってたの」

「胡散《うさん》臭い？」

矢野の普段の様子を思い返し、やはり首を傾げる。あの裏切りさえなければ、彼は穏やかで優しく、かなり好感の持てる男性だったと思う。仕事も丁寧だった。今となってはむしろ、仕事だけは、と言うべきかもしれないけれど。

「ほら、矢野さんって大人っぽい色気があるし、女性の扱いもそつがないでしょ。ああいう男性は黙ってても女の人が寄ってくるはず。なのに、三十代で結婚の気配もないし、恋愛に消極的になってた和香にわざわざ手を出そうとするあたり、クセ者の匂いがするなあって」

「なるほど……。私、疑いもしなかった」

確かにあんないかにもモテそうな男性が一途に何年も自分だけを想ってくれるなんて、

話がうますぎる。

大失恋のせいで恋愛に前向きになれないのだとは、最初に口説かれたときに軽く伝えてあった。けれど矢野は、和香がそろそろ次の恋に向かうべきだと気持ちを持ち直すまで一度も急かすことはなかったのだ。

その態度がこちらの目には余裕のある大人の男性に映っていたわけだが、真実が発覚してしまえばなんてことはない、彼は和香にそこまで惚れ込んではいなかったのだ。昨夜のあの様子では、彼が関係を持つ女性があの一人だけなのかも怪しい。

総司のことを吹っ切ろうと焦って視野が狭くなっていた部分もあったのかもしれない。

思えば、矢野が褒めるのは和香の無機質なまでに整った容姿ばかりだった。紳士的な振る舞いと細《こま》やかな気遣いに誤魔化《ごまか》されていたが、彼も容姿目当てで近づいてくる男たちと同類だったのかもしれない。そういう相手を見分けるすべは学生時代にとうに身につけたつもりでいたのに。

自省する背中を、隣にやってきた有紗の手が優しく叩いた。

「それはしかたないよ。私だって確信がなかったから言わなかったんだし。悪いのは百パーセント向こうなんだから、和香が自分を責める必要はないよ」

「……うん」

「二股しておいて悪びれもしないって、相当クズでしょ。早めに分かってよかったくらい。気づかず付き合い続けてたらどれだけ時間を無駄にしてたか」

清々しいくらいのポジティブシンキングだった。

十三歳のときにイギリスのインターナショナルスクールで知り合った二人だが、海外の暮らしが合わず三年ほどで日本に戻った和香に対して、有紗は子供時代の半分を海外で過ごしている。そのためか、思考が合理的で思い切りがいい。優柔不断なところのある和香は、彼女のこういう割り切り方にいつも感心してしまう。

「でも、仕事では迷惑かけちゃうよね……」

矢野も自分たちと同様にアンティークディーラーを生業《なりわい》にしている。彼のほうは、店舗を持たず、仕入れたアンティークを業者相手に売る旗師《はたし》という業態をとっていた。国内のアンティーク事情にも詳しいので、二人にとっては商品の仕入れ先の一つであるとともに、ショップ経営のよき相談相手でもあった。

別れたからといって、仕事上の関係まですぐに切ってしまうわけにはいかない。けれど、有紗はにっこりと微笑むと、あとの対応は全部私がやるから安心して、と頼もしく請け負う。和香は負い目を感じつつも結局それに甘えるほかなかった。

「それより問題は宗像さんだよ。五年経ってそれってことは、和香に相当未練があるんじゃない？」

すっかり話が終わったつもりでカウンターのノートパソコンを開こうとしていた和香

は、指摘されて目を瞬く。そして戸惑い気味に視線を逸《そ》らした。

「そう、なるのかな……」

語尾を曖昧《あいまい》に濁しながらも、実際そのとおりであろうことは理解していた。

「もしかしたらまたコンタクトとってくるかも。いくら普段は東京で勤めているって言っても、新幹線を使えば大した距離じゃないし」

具体的な交通機関を提示され、往復にかかる時間をうっかり計算してしまう。土日を使って行き来するとしたら、全く問題にはならない距離だ。店という場所がある以上、和香は逃げ隠れできない。

あんなことがあったのだから、もう絶対に総司と関わることがあってはならない。けれど、現実問題として彼が本気で接触しようとしてくれば、それを防ぐ手立てはなかった。

ホテルを出るときは、とにかく離れなければという一心で総司を突き放すことができた。だが、和香の中には五年を経てもなお消えずに残った彼への愛情がある。

久しぶりに目にした昔の恋人は記憶の中よりも大人びて、逞《たくま》しくなっていた。その表情や仕草を頭の中に思い描くだけで、鼓動がひとりでに速まっていく。懐かしさすら覚える恋の感覚。

愛しい思いを自覚した今、自分はどれだけ毅然《きぜん》とした態度を保っていられるだろうか……

状況の悪さを認識して軽くめまいを覚えていると、有紗が気遣わしげに顔をのぞき込んできた。

「和香？　大丈夫？」

「う、ん……ちょっと、まだ驚きから抜け出せてないみたい」

控えめに言い繕《つくろ》った和香に対し、彼女はすっと真面目な面持ちになる。

「関わっちゃダメ。……って言うのは簡単だけどね。和香にとっては大切な人だし、実際に顔を合わせたら情に流される部分もあると思う。でも、線引きだけはちゃんとして。不倫するつもりがないなら」

「……うん、分かってる」

思いやりに満ちたその忠告を、和香は真摯《しんし》に受け止めた。

もうあんな過ちを犯してはいけない。呼び戻された恋情がつらい痛みを訴えても、総司をきちんと拒絶する。そう心に決める。

彼の告白を聞いたとき、なりふりかまわず抱きしめてあげていたなら、互いのぬくもりに幸福を感じることができたのだろう。

けれど彼の手に指輪がある限り、それは一時的なものに過ぎない。それでは意味がないのだ。

守りたいから突き放す。そういう選択をすべきところなのだと思う。

私は大丈夫。

周囲を見回せば、傍《かたわ》らには付き合いの長い親友がいて、小さいながらも自分たちの店がある。大好きなアンティークに囲まれて過ごせる今に和香は満足している。

総司とは二人で幸せに過ごせた時間も確かにあったのだ。その思い出さえあればいい。

そう自分に言い聞かせようとした和香は、しかしふと親友の薬指に光る指輪に目を留めて、自分の表情が強ばるのを感じた。

資産家の娘である有紗には、見合いで決められた婚約者がいる。名家同士を結びつける目的の結婚だが、当人同士は幼い頃からの顔見知りで、仲も良好だ。

和香は思わず、己の左手を押さえた。なにもついていない空白の薬指。

三十歳を目前にして、結婚に対する焦りは別段いだいていなかった。だがそれは、独り身でも平気だという意味では決してない。恋愛すらままならない今の状況で、その先にある結婚というものを自分とうまく結びつけられずにいただけだ。

けれど、有紗には、生涯をともにする人がいる。

――総司にだって。

この先の人生、彼らの隣にはずっとその相手が寄り添うのだ。

嫉妬にも似た孤独感が、唐突に胸に込み上げる。

不穏にざわつく感情を和香はぐっと呑み込み、ただ黙って左手を握りしめた。

回想Ⅰ『はじまり』

感情を表に出すのが苦手で、上手に人を頼れない。それは昔からの和香の欠点だった。三姉弟の長女として育ち、幼いときから我慢することには慣れていた。高校に入学すると、親元を離れて祖父母と暮らすようになったので、周囲を煩《わずら》わせないように平気な顔を取り繕《つくろ》う癖はますます強固になった。

同世代の友人たちは、年齢を重ねるにつれて自分の世界を広げていく。一方の和香は、本音を閉じ込め、漠然とした孤独をいつも抱えていた。

思えば、そんな寂しさに気づき、癒《いや》してくれた唯一の存在が総司だったのだろう。数多くいる同期の一人だった彼をとりわけ意識するようになったのは、株式会社宗像百貨店に入社して三ヶ月ほどが経ったときのことだ。

新人研修が終わり、同期たちがそれぞれの部署に散ってしばらくが過ぎた頃。和香は配属された宣伝部で、一日でも早く仕事を覚えようと日々努力していた。

けれど、自分がほかの同期と違っていたのは、クリエイティブ職という特殊な枠で採用されたという点だった。要するに和香は、外注するまでもない社内のデザイン業務を一手に引き受けるインハウスデザイナーチームに所属することが最初から決まっていたのだ。

デザイナーチームはほんの数人でチラシ、ウェブ、プロモーションなど多岐にわたる制作物を扱う。そのため、ほかの職種ほど指導は手厚くないし、できることはどんどん任される。丁寧に世話しなくても問題ないと判断されたら、先輩からのフォローだって最低限になる。

和香は真面目な性格が災いして、与えられる仕事を執拗《しつよう》なまでにきっちりとこなしてしまい、早々にこの新人は大丈夫だと周囲に認識されてしまっていた。

そうして梅雨の真っ只中に少しの晴れ間がのぞいた日、世話役の先輩からそれは言い渡された。

「倉田さんには基本的な制作業務をひととおり経験してもらったし、そろそろ一人で一つの制作物を担当してみようか」

「えっ……もう、ですか？」

声音に交じったわずかな狼狽《ろうばい》の色は、先輩の明るい励ましで軽く流された。

「大丈夫だよ。倉田さんの作ったものはどれもよくできてるし。最初は中吊り広告だから、そんなに難しくないと思う」

中吊り広告……！

それを聞いて内心で悲鳴を上げたが、幸か不幸かそういった心情はあまり表に出ない。ほんの少し面持ちが硬くなった程度では、初めて一人で担当する仕事に緊張を覚えているだけだとみなされてもしかたのないことだろう。

困ったことがあったらいつでも声をかけてくれてかまわないから、と優しい先輩はフォローを忘れなかったが、きっと問題ないだろうという楽観的な信頼が言葉の端々に漂っていた。和香にとっては重いプレッシャーでしかない。

「ありがとうございます……頑張ります」

頬が引きつりそうな微笑でそう答えて先輩の前を辞すると、お手洗いに行くふうを装ってふらふらと廊下に抜け出した。

ああ、どうしよう。いや、やるしかないんだけど……

額《ひたい》に手を当てて煩悶《はんもん》しつつあてもなくフロアを進む。

前方の角から長身の男性の影がぬっと現れたのは、不注意な足どりがそこに差しかかるまさに直前だった。

はっとしたときにはすでに遅く、その人物の白いワイシャツに頭から突っ込んでいた。

瞬間、森林のような香りがふわりと鼻先をかすめ、他人の体温が間近に伝わる。そのがっしりとした体躯は、想像以上の安定感をもって和香を受け止めた。

「……も、申し訳ありませんっ」

我に返って数歩引き下がった和香は、謝罪を口にしてから、その相手が同期入社の宗像総司だと気がついた。

「なんだ、宗像君か……」

思わず出た安堵《あんど》の台詞はすかさず聞きとがめられた。

「なんだとはご挨拶だな」

「あ、違う違う。ホッとしたの。相手が先輩や目上の人だったら困るでしょう？」

一応は彼も社長の息子という立場だが、当の本人がそんな肩書きなど存在しないかのようにフランクに振る舞うので、新人研修の間にすっかり同期の輪に溶け込んでいた。そのうえで何事にも動じない頼もしさから、すでに一目置かれる存在になっている。

和香が早口に言い訳すると、新入社員のくせにやたらスーツ姿が様になっている総司はあっさりと表情を緩め、「冗談だよ」と笑った。それから少し首を傾げる。

「めずらしく上の空だったみたいだが、考えごとか？」

「ああ、うん。ちょっと仕事で……」

「困ってることがあるなら先輩か上司にさっさと相談したほうがいいと思うぞ」

「うーん……まだ困ってはいない、かな。自信がないだけなの」

苦笑で応じつつ、こういうところの気遣いはやはり会社を経営する側の人間に近い発言だな、と思う。いや、彼の場合は根っからのリーダー気質で面倒見がいいのか。

そんなことを考えていると、総司が「自信？」と不思議そうに眉を上げた。

「そんな難しい仕事、もう任されてるのか？」

その声音が真剣な色を帯びたので、和香は慌てて否定する。

「難しい仕事ではないんだと思う。ただ私が苦手っていうだけ」

「なんの仕事なんだ？」

「電車の中吊り広告のデザイン」

たっぷり十秒間黙考してから彼は口を開いた。

「――苦手なのか？　……あ、俺はデザインの仕事には詳しくないんだが」

控えめに付け足すが、言いたいことは分かる。

チラシに比べたら配置する要素は少ないし、プロモーションなどよりもセンスの鋭さは要求されない。新人に最初に任せるには最適な題材だろうとは和香だって思う。それでも。

「デザインのチェックで……赤字が入るでしょう。チラシも同じだけど。フォントを太字に、とか。もっと目立つ色に、とか。そのほうが集客効果が見込めるからだっていうのは理解してるんだけど、せっかく綺麗に整えたデザインが台無しにされてるのを見ると、この仕事にデザイナーって必要なのかな……って思っちゃうんだよね……」

セオリーが決まっているなら、そのとおり機械的に作成すればいいだけだ。そこにクリエイティブな仕事は求められていないように思えてしまう。

「ごめん。こんなこと言われても宗像君だって困るよね」

聞かれたからつい答えてしまったが、入社一年目の同期で部署も違う彼には言われたってどうしようもないことだろう。

一人で話を畳もうとした和香を、しかし冷静な声が引き止めた。

「いや、気持ちは少し分かる気がする」

「え？」

「インハウスデザイナーは、どうしてもデザインそのもののクオリティより売上とかの数字を優先しないといけないだろう？　芸大や美大を出たばかりの新卒じゃあ、そこのバランスのとり方に最初は苦戦してもおかしくない」

「あ、うん……」

頷きつつ、総司の口にしたバランスという言葉がすっと腑に落ちる。

そうか、自分がつまずいていたのはそこだったのか、と霧が晴れていくような感覚があった。

「デザインの役割は装飾だけじゃないだろう？　目的のために適切に機能することもデザインの役割の一つだ。だから、修正の指示をただそのとおりに直すだけじゃなくて、その意図を推し量ってより適したデザインに仕上げることこそデザイナーの仕事なんじゃないか?」

「……うん、そうだね……本当にそう」

しきりに首を振る。

どうやら和香は、己が納得できるものに仕上げたいという美意識に引きずられすぎていたようだ。仕事だから、個人の作品ではないのだからと自分に言い聞かせ、唯々諾々《いいだくだく》と赤字を受け入れていたが、そんな心構えでプロの仕事ができようはずもない。

赤字の指示はあくまでも集客という機能面だけを考えて入れられている。それを反映しながらも、機能と美しさを高いレベルで両立させることこそがデザイナーには求められているのだろう。

なるほど、とようやく自分の仕事の本質を理解できたような気がした。

「宗像君って、やっぱりすごい……」

ずっと頭を悩ませていた問題が取り除かれ、和香は無意識に顔を綻《ほころ》ばせていた。それから少し遅れて、あまりにも無防備な表情をさらしてしまっていたことに気づき、頬を熱くする。

対する総司は、虚を突かれたように目を丸くして、気を取り直すように咳払いをした。

「倉田さんは、デザインへのこだわりが強いんだな。なのにどうして百貨店に就職しようと思ったんだ? どこかのデザイン事務所に入ったほうがよっぽどクオリティにこだわった仕事ができただろう？」

「宗像君が、それ聞くんだ……」

社長の息子が、自社よりもデザイン事務所を推すような発言をしていることにおかしさを覚えながら、和香は就職活動で何度も口にした自身の志望動機を思い返した。

「……百貨店の仕事は、面白いよ。チラシやポスターの紙媒体だけじゃなくて、ウェブ広告やプロモーション動画、グッズ、ウィンドウディスプレイ、いろいろある。それに、デザイン事務所なら制作したところでおしまいだけど、インハウスデザイナーなら一つの企業の専属になって継続して試行錯誤できる。そういう部分も私には合ってると思うの。あとは……大企業に勤めていれば祖母も安心してくれるし」

「って、そこは普通、両親とか言うもんじゃないのか。倉田さんってご両親とも健在だったよな？」

「うん。でも、なんというか……二人とも海外で暮らしてて、私は長女だからか、ちょっと放任気味なんだよね。心配されてないわけじゃないと思うんだけど……」

曖昧《あいまい》に笑い、言葉を濁した。

自分の下には弟と妹が一人ずついる。父は和香が生まれたときにはすでに仕事の関係でイギリスに住んでいた。母は子供たちが小さいうちは日本で育て、末の妹が九歳になったタイミングで三姉弟を連れて父のいるイギリスに移住した。和香が中学一年生のときだ。

両親と弟妹はそのときからずっと海外で暮らしている。イギリスの環境に馴染《なじ》めず、たった三年で日本に舞い戻ったのは自分だけだ。日本の高校には祖父母の家から通ったので、距離的な問題もあって、どうしても両親より彼らのほうが近しく感じてしまう。

和香の歯切れの悪い答えをどう受け取ったのか、総司はただ「そうか」と頷いて、ぽんとこちらの頭に手を乗せた。

どういう意味のこもった仕草なのかは分からなかったが、子供相手のようなその扱いが不思議といやではなかった。それどころか、先ほどぶつかったときの感触を不意に思い出し、胸を高鳴らせてしまう。彼の胸板は、和香の体重を受け止めてもびくともしなかったのだ。

総司がしばしば声をかけてくるようになったのは、それからだった。

背後からにゅっと現れた手が突然頬に冷たい缶を押し当ててきて、和香はひゃっと悲鳴を上げる。水滴のついた頬を押さえて振り返ると、背後には予想どおりの人物がいた。

「宗像君、用があるなら普通に声かけてよ」

「倉田さんが声かけても気づかなかったんだろ。ちょっと没頭しすぎなんじゃないか」

総司はからかうような笑みを浮かべて、社内の自動販売機で売っているミルクティーを差し出した。

「肩を叩くとかしてくれたらいいのに……」

和香はありがたく受け取りつつも、つい文句を言ってしまう。

周りではおのおののデスクで仕事をしている宣伝部の先輩たちが、微笑ましそうにくすくすと笑っている。いやな笑われ方ではないが、変な声を出してしまったので恥ずかしい。

「肩に触るだけでも立派なセクハラだからな」

しれっと言い返してくる総司に、なにを今さら、とツッコミを入れたくなった。散々人の頭を撫でたりしているくせに。

だが、そんな親密さを匂わせる会話を人の多いオフィスで繰り広げるわけにもいかないので、和香は言い返したい気持ちをぐっと呑み込み、ミルクティーを手に立ち上がった。

「ちょっと休憩してきます」

周囲にそう告げてドアに向かうと、いってらっしゃい、と背後から声がかかる。

いつも黙々と作業に没頭している新人のささやかな小休止を、サボりなどと見とがめる人は誰もいない。むしろ休憩を挟んだほうが効率が上がるくらいなのだ。そして総司は毎度、実に絶妙にそのタイミングを読んで声をかけてくるのだった。

フロアのすみっこにある小さな休憩スペースに連れ立ってやってくると、和香はベンチに座りつつあらためて苦情を申し立てる。

「もう、あんないたずら本当にやめてよね。変な注目浴びちゃったじゃない」

本気で怒っているというよりは、恥ずかしさを誤魔化《ごまか》したくて口にした台詞だった。普段はもの静かに過ごしているので、あんな驚きの交じった視線を集めるのには慣れていない。

そんなこちらの内心を相手も分かっていたのかもしれない。総司は平然とした様子で自分の飲み物を自動販売機で選んでいた。

ガチャン、と缶が取り出し口に落ちる音がして、どさっと彼が隣に腰を下ろす。

「あんなのみんなすぐ忘れるだろ。和香は気にしすぎだ」

そう言って購入した缶コーヒーを開け、ごくりと飲み下す。その男らしい横顔を和香は横目で窺《うかが》い、そっと自身の手元に視線を移した。

両手の中では、まだひんやり冷たいミルクティーが結露のしずくを無数に浮かべている。

総司に仕事の悩みを聞いてもらった日から一ヶ月ほどが経っていた。

梅雨は明けて夏の真っ盛り。猛暑が続く毎日ではクーラーの効いた屋内の仕事でも疲れが出やすい。冷たくて甘い飲み物の差し入れは正直とてもありがたかった。しかも和香が好きな銘柄。こんなふうに気を遣われて、きゅんとしないほうがおかしい。

適度に休憩に誘ってくれるのだってそうだ。面倒見よく甘やかされてしまえば、他人に対して一歩引きがちな自分も自然と心を開いてしまう。

しかも、総司が和香を呼ぶときの呼称はいつの間にか名字から名前に変わっていた。他人のいる場では名字のままだけれど、二人きりのときだけ違うというのは、かえって秘密めいた雰囲気があってよくない気がする。

名前を呼ばれるたびに、くすぐったい気持ちになる。

そばにいるだけでそわそわしてしまう。

これが恋なのだとは自覚していた。

だけど、宗像君は？

彼は和香と違って社交的だ。交友関係は広そうだし、女性の知り合いも多いだろう。きっと恋愛の経験だって豊富に違いない。

一方の自分は、総司のアプローチが単に友人として親しくなりたいだけなのか、異性として意識されているのかさえ判別がつかない。

男性と交際したことは何度かある。だが、過去の恋愛はどれも普通とは少々異なる始まり方をしていたので、これは脈があるとかないとか、交際に至る前の駆け引きが全く分からなかった。

甘酸っぱいやりとりを楽しむ余裕などあるはずもない。気を持たせるような総司の言動にただ翻弄《ほんろう》されて、ふと我に返ると、自分は虚《むな》しい一人相撲をしているのではとすら思ってしまう。

「そんなことより、さっきずいぶん難しい顔でパソコンに向き合ってたな。また納得いかない修正指示でももらったのか」

「——え？　あ、あれは……違うよ」

そう話しかけられて和香は慌てて意識を現実に引き戻した。

「今やってるのは、ウィンドウディスプレイのデザイン。先輩と組んで担当してるんだけど、結構目立つ場所に展示されるから、気が抜けないの。足を引っ張らないように必死だよ」

「ふうん……でも、ま、大丈夫だろ。和香なら」

さらりと口にされた言葉に、自分に向けられる信頼の大きさが見え隠れして、うっかり頬を熱くしそうになる。

「簡単に言わないで」

表情が緩まないように気をつけていたら、つっけんどんな声が出た。普通の話し方が思い出せない。

内心で焦りながら握りしめたミルクティーを見つめていると、ふっと笑う吐息が聞こえた。

「俺はなんでそんなに自信がないのか分からないけどな。和香はセンスあるだろ」

「えっ……ほんと……？」

思わずそちらを向くと、同時にこちらを向いた総司と視線がぶつかった。ベンチに並んで座っているので、距離が近い。彼はそのままの体勢でふわりと微笑んだ。

「こんなところで嘘をついてもしかたないだろ。――大丈夫だ。君のいいと思うようにすればいい」

温かい手の感触が優しく頭の上に舞い降りて、和香の頬がこらえようもなく熱くなる。目元がひとりでに潤《うる》んでいくのを感じた。

総司がはっとしたように息を呑んで、互いに顔をそむける。

「その……表情は、ずるいだろ。普段は澄ましてクールぶってるくせに」

「ふ、普段だって、クールぶってるわけじゃないよ。人前だとどうしても表情が固まっちゃうの」

「ならなんで、俺の前では分かりやすく笑ったり狼狽《うろた》えたりするんだ」

じとり、と横目で見られたって答えることなどできない。正直に告げたら好意をいだいていることがばれてしまう。

なんと返したものかと迷う唇は、しかしあっさりと閉ざされた。いや、塞がれたと言ったほうが正確だったかもしれない。

互いに目を開けたまま、相手の顔がぼやけて見えるほど二人の距離が縮まっていた。

和香が呆然と目を丸くしていると、彼はあっさりと離れていく。それでも唇には柔らかな感触が残ったままだ。

そこにじんじんとした熱を感じながら、ぽつりと呟いた。

「どうしてキスしたの？」

こぢんまりとした休憩スペースにはひと気がない。けれど、一応社内だ。

総司は悪びれたふうもなく答えた。

「可愛かったから」

瞬間、胸がきゅんとして、ツンとした。

ぽろっと一粒、なにかが頬を滑り落ちる。

彼がぎょっとしたように身体を強ばらせた。

「なんで泣くんだよ……」

「そんな軽いノリで、いつも女の子にキスするの？」

咄嗟《とっさ》に涙が出てしまったことに自分でも驚きつつ、拗《す》ねたような口調で言ってしまう。

すると即座に大きな手が後頭部に回って、がっしりとした肩にぐいと引き寄せられた。

次いで反省のにじむ声音が耳に届く。

「ごめん、順番間違えた……付き合おう」

「え？」

「好きだ」

「えっ……」

和香が言葉を失っていると、いつも自信に満ちあふれている総司がめずらしく不安げな様子で瞳をのぞき込んでくる。

「もしかして、俺の勘違いってことは、ない、よな……？」

思いがけない展開に思考が停止していた和香は、勘違いという単語がなにを指しているかに気づき、真っ赤になった。自分の好意はそれほど分かりやすくダダ漏れだったのだろうか。

涙目になってなにも言えずにいると、照れくささが相手にも伝染したらしい。彼がわずかに眉根を寄せて、目を逸《そ》らした。

「そういう、初心《うぶ》な反応されると、調子狂う」

「そんなこと言われたって……慣れてないんだもの。しかたないじゃない」

「慣れてない？」

よほど意外だったのか、視線が再び戻ってきた。

「男に言い寄られないわけではないんだろう？」

その容姿で、とまでは口にされなかったが、そういう意図なのは伝わった。

自分で言うのもなんだが、和香の顔はかなり整っている。パーツの大きさや形が理想的で、配置は完璧な左右対称。肌は滑らかで抜けるように白い。加えて体型もスレンダーでありながら、出るところは出ているという恵まれたプロポーションだ。

造形を客観的に見れば確かに美しい。が、作りものめいた無機質さがあり、ときおり自分でも不気味に感じる。

それでも連れ歩いて自慢したいと思う男は少なくないらしく、そういった輩からしばしば声をかけられるのは事実だ。十代の頃には浮かれたこともあったが……

「外見につられて寄ってくる人と、まともな恋愛なんてできると思う?」

何人かの異性と付き合って理解したのは、彼らは和香の人となりに興味などないということだ。自分の所有物として見せびらかせればそれでいい。

そうと悟ってからは、自分の人柄を知ったうえで交際を申し込んでくれる男性が現れるのを待ったが、そういう人はこの容姿にかえって気おくれするらしい。友人にはなれても、恋人にはなれない。

「私が奥手なせいもあるけど、好きになった人とまっとうなお付き合いができたためしなんて、一度もないよ」

そう言って不貞腐《ふてくさ》れると、慰《なぐさ》めるように頭を撫でられた。その手つきが心地よくて和香の表情はあっさりと緩む。

「それは、なおさら悪かったな。いきなりキスなんかして。信用してもらえるかは分からないが、俺は和香の素の表情が可愛いと思ったし、頑張り屋なところが好きだ。容姿もそりゃ綺麗だと思うけど、惹かれたのは人柄だ」

目を見てはっきりと告げられて、あまりの気恥ずかしさに俯《うつむ》いてしまう。

「宗像君のことは……疑ってないよ」

可愛げのない声になってしまったのに、総司は嬉しそうに声を出して笑った。

「なら、今から彼女ってことでいいな」

「……うん」

そんなふうに、二人の交際はごく普通に始まったのだ。

第二章　ひとり

「お待たせいたしました、商品です。割れ物ですのでお気をつけてお持ち帰りください」

和香が商品を入れた紙袋を差し出すと、品のいい四十代くらいの女性客はにっこりと笑顔になった。

「ありがとう。素敵なティーカップが見つかって嬉しいわ。偶然入ったけれどいいお店ね。お皿もあったし。もう少し見ていきたいのだけれど、時間がないのが残念だわ」

女性の視線が名残惜しげに食器類の棚へ向かうのを見て、和香はレジのそばに置いてあるショップカードを一枚引き抜いた。

「あの、よろしければこちらをお持ちください。当店はネットショップも運営しておりまして、ここにURLを記載しておりますので。ネットショップには店頭に出していない商品もあるんです」

「そうなの？　なら家でゆっくり見られるわね」

明るい声で応じつつ名刺サイズのカードを受け取った女性は、そこで口元を緩ませた。

「このカードも小さいのにおしゃれね。好きだわ、こういうの」

思いがけずデザインを褒められ、和香は一瞬呼吸を忘れる。

カードに使用しているパールのような光沢のある紙は、有紗と一緒に選んだものだった。その表面には型押しで、ロココ様式の語源にもなった貝殻と岩の装飾モチーフ――ロカイユ模様が描かれている。

ショップではもちろんほかの年代や様式の商品も取り扱っているが、和香も有紗も流麗な曲線が美しいロココ様式をとりわけ好んでいた。だから、店のロゴやサイトのデザインはロココ風で統一しようと開店時に二人で話し合って決めたのだ。

「ありがとうございます。……私がデザインしたんです、それ」

はにかみつつ明かすと、女性は驚きの声を上げた。

「プロのデザイナーが作ったのかと思ったわ」

「前職がデザイナーなんです」

「ああ、それで。デザイナーはもう辞めたの？」

それは話の延長としてごく自然な問いかけだった。しかし、辞職に至るまでの記憶が呼び起こされた和香は、うっかり言葉を詰まらせてしまう。

すぐに女性が申し訳なさそうに苦笑した。

「ごめんなさい、踏み込みすぎたみたいね。でも、あなたのセンス、私は好きよ。また寄らせてもらうわ」

そう言い置いて女性は店をあとにした。

ドアに取りつけられた真鍮《しんちゅう》のベルが、りりん……と涼やかな音色を奏でる。その残響が消えていくのを聞きながら、和香は誰もいなくなった店内で一人ため息をついた。

「お客さんに気を遣わせちゃった……」

胸のわだかまりを客に悟られるなんて、店員として失格だ。平時の自分であったなら、もう少しマシな対応ができたはずなのに。

総司と再会した夜からは、すでに半月ほどが過ぎていた。つらい失恋の傷口が再び開いたのだとしても、表向きくらいは平然とした態度を取り繕《つくろ》えてしかるべき期間だろう。なのに、心の整理をちっともつけられずにいるのは、あの日以来彼からたびたびかかってくる電話のせいだ。

五年前に別れたとき、和香は総司の連絡先をスマートフォンから削除した。だが、自分の番号はそのままにしていた。別れはお互い納得ずくのものだったから、変える必要性を感じなかったのだ。まさか今になってこんなふうに使われるとは想像していなかった。

着信があってももちろん無視している。だが一度だけ、最初にかかってきたときだけは、電話に出てしまった。画面に表示された数字の並びが、交際していた頃から変わらぬ彼の番号だと咄嗟《とっさ》に思い出せなかったのだ。

『和香？』

名乗る前のその一言で、相手が誰だか分かってしまった。鼓膜を甘く震わせる、絶妙な色気をかもす低い声。和香が聞き間違えるはずはない。

『俺だ、総司だ。この間はすまなかった。頼む、もう一度話をさせてくれないか――』

早口になにかを伝えようとする声を急いで遮断した。通話の終了を伝える平坦な電子音を、逸《はや》る鼓動のまま聞いていた。

――話すことなんてない。

そう思い込みたかった。

あの朝、総司が口にした未練の言葉も聞かなかったことにしたかった。

ここできっぱりと線を引くのが互いのためなのだ。冷静な理性は明確な答えを出している。なのに、彼がこうして接触を図ってくるたび、心をかき乱される自分がいた。

ショップの接客すら満足にこなせなくなるくらい動揺させられているのはなにも、胸によみがえってしまった恋情だけが原因ではない。

総司や有紗の薬指にはまるリング——彼らの人生に寄り添う誰かの存在が、和香の胸を痛くさせる。

帰宅しても誰もいない家。国内に頼れる肉親のいない心細さ。この人ならと信じた恋人にも裏切られて、孤独を感じないほうがどうかしている。

着信があるたびに、総司にすがりたいと思ってしまう。そんな弱い心を必死に押しとどめていた。

今さらこんなふうにつながりを持ったところで、二人の間に新たななにかが生まれることなどありえない。未練があるならなおのこと、不本意な現実を思い知らされるだけだ。

——なのに、どうして今になって、こんな……

理解できない総司の行動とままならない己の感情に苛立つ気持ちが込み上げ、和香はレジの前に立ち尽くす。

そのとき、ポケットの中のスマートフォンがタイミングよく着信を知らせた。

店の中にいるのは自分だけだ。窓の外にも入店しそうな客の姿はない。

今しかない。

そう思った和香は、うるさく振動するそれをポケットから取り出すと、画面をよく見もせずに通話ボタンをタップした。

「いいかげんにして！　何度も何度も電話してきて、こっちは迷惑してるのよ！」

開口一番にそう言い切って、相手の反応を待った。

互いの間にしばしの沈黙が落ち、向こう側から伝わる困惑の気配にほんの少しだけ胸がすっとする。

しかし、そんな小さな達成感は、相手が声を発した瞬間吹き飛んだ。

『えーっと……その、ごめん……？　そんな迷惑がられるほど、倉田さんに電話してたつもり、なかったんだけどな……』

総司の声じゃない――

人柄を表すように柔らかなこの声は、元同期の森川だ。

「ごめん！　私の勘違い！　てっきり……別の人からの着信かと……」

『あ、そうなんだ。よかったー！　実はうっとうしがられてたのかなって一瞬焦ったよ』

「ほんとごめん……」

『いいよいいよ』

平身低頭の勢いで謝罪すると、朗《ほが》らかに流してもらえて安堵《あんど》する。今日の自分のポンコツぶりに恥じ入るばかりだ。

落ち込むこちらの心情を察してくれたのだろう、森川は空気を変えるようにあっさりと本題に移った。

『相談に乗ってもらってたアンティークフェアの件なんだけどね』

「う、うん」

『まずは、無事に会議で承認をもらいましたって報告。今後は実施に向かって具体的に動きだすことになる』

「わー、おめでとう！　森川なら大丈夫だとは思ってたけど、さすがだね」

『いやいや。やっぱり新しい企画を立てるときはドキドキするよ。倉田さんに手伝ってもらった手前、失敗できないしさ。本当に、ホッとした……！』

緊張が緩んだ脱力感が声音からありありと伝わってきて和香は笑う。彼の綻《ほころ》んだ顔が目に浮かぶようだった。

『それでさ、実はまた相談したいことが出てきたんだ』

「なに？　私もこの企画は成功してほしいから、できることなら協力するよ」

『ありがとう。出店ショップを選定する人材を探してるんだ。伝手《つて》があったりしない？

もし知り合いに適任者がいたら紹介してもらえると助かる』

「……ああ」

事情を察した和香の唇から微妙な相槌《あいづち》が漏れた。

森川の企画は、デパートの催事フロアにアンティークショップを集め、各店舗から持ち寄った商品を販売してもらうというものだ。参加を希望するショップをまず募集し、そこから各店の扱う商品の種類や品質、価格などを考慮して出店するショップが決められる。

ここで注意しなければならないのは、商品に贋作《がんさく》が紛れ込んでいないかという点だった。

ディーラーの鑑定眼が未熟であったり、明確に客を騙そうという意図があったりと状況は場合によって異なるが、そういうショップを出店させれば主催であるデパートの信用に傷がつく。だから、ショップの選定にはアンティークに対する確かな知識と鑑定能力を持つ人物が必要なのだ。

ディーラーを始めてまだ五年程度の自分や有紗では話にならない。もっと経験豊富で、業界の情報にも通じている者。

そんな人物は知り合いに一人しかいなかった。

和香を平然と裏切って捨てた男、矢野匠である。

あれから彼との個人的なやりとりは途絶えていた。こちらから連絡することもないし、向こうから連絡が来ることもない。矢野が和香を無視したあの瞬間、二人の関係は終わったのだ。それはこちらの一方的な解釈などではなく、共通の認識なのだろう。

できればもう関わりを持ちたくはなかったが……

「頼める人がいるかもしれないから、ちょっと聞いてみるよ」

気づけば和香の口からはそんな台詞が飛び出していた。

矢野に自分からコンタクトをとることに不安がないわけではない。だが、アンティーク業界に詳しくない森川が自力で適任者を探すのはかなり骨が折れることだろう。ここぞ自分が手を貸してやるべきだと思ったのだ。

こちらの返答を耳にした森川は安堵《あんど》したようにお礼を口にする。憂慮が取り除かれたようなその声音を聞くと、やはりこの対応で間違いはなかったのだと確信できた。

店に関係のない個人的な案件だから、有紗に頼ることはできない。だが、きっと大丈夫だろう。単なる仕事の連絡なのだから、淡々とメールすればいい。矢野と森川をつないだら、自分の役目はそれで終わる。

それから細かい確認を済ませ、話は軽い雑談に移る。その中でふと森川が疑問を漏らした。

『そういえば、最初誰からの電話だと思ったの？』

和香が押し黙っているうちに、彼はさらに続けた。

『ほら、何度も電話が来て迷惑してるって、なんだか穏やかじゃない話だったからさ。その……もしかして、なんだけど。その相手って——僕が知ってる人だったり、する……？』

ぼかした表現ではあるけれど、誰を指しているかは明白だ。

「違うよ。どうしてそう思うの？」

『それは……』

今度は間を置かず抑揚のない声で答えると、電話の向こうからは『言っておくべきなのかな……』などという独り言が聞こえてきた。

もしかすると森川は、あの日総司が支社に来ていたことを会社の誰かから聞いてしまったのかもしれない。支社に呼び出されたことがきっかけで和香が総司と再会したと知ったら、彼はきっと気に病むだろう。

そうなるのがいやで、和香は内心の動揺をひた隠しにし、偽りを口にした。

そして、それはどうやら成功したらしい。

『やっぱり……なんでもない。ごめん。変なこと聞いた』

「ううん。心配してくれたんだよね。ありがとう」

電話を切ると、スマートフォンを持つ手がだらりと身体の横に垂れ下がった。

正直に事実を話しても心配をかけるだけとはいえ、自分のついた嘘がじわじわと苦い後味をかもし出す。

本当に、不毛なことに心を乱されている。

総司は将来会社のトップに立つ身で、その役割を果たすには政略結婚で結ばれた妻が必要なのだ。そこに和香の出る幕はない。これ以上つまらない失敗を繰り返す前に、こんな無意味な苦悩にはさっさとけりをつけるべきだった。

次に総司から電話がかかってきたときには、もう関わらないでほしいときっぱりと伝える。そうして今度こそ縁を切る。

そんな決意を胸に秘めて和香は連絡を待ち構えていたのだが、どうしたことか、その日を境に総司からの電話はぱったりと途絶えてしまったのだった。

飴《あめ》色の艶があるローズウッドのドアに手をつき、有紗が振り返る。

「じゃ、私は先に帰るね。さっきネットショップ経由で来てた問い合わせはこのあと家に帰ってから対応しとくから、和香はほっといていいよ」

「分かった」

「それじゃ、また明日」

親友の背中が道路の先に消えていくのを見送って、和香はそっとドアを閉めた。

店内には、温かみのある照明の下、主に有紗が一つ一つ吟味《ぎんみ》して買いつけたアンティークたちがそれぞれの場所にひっそりと収まっている。美しいはずのそれらがなんとなく色褪《あ》せて見えてしまい、疲れてるのかも……と和香は瞑目《めいもく》する。もしくは、他人の気配が消えたもの寂しさがそう感じさせるのだろうか。

閉店時刻が近づく店内はとても静かだ。自分が音をたてさえしなければ、壁にかかった柱時計が時を刻む音がはっきりと聞こえるほどに、夜のしじまがこの場を満たしている。

有紗とは勤務時間をずらしているので、この時間帯に一人になるのはいつものことだった。

カウンターに戻った和香は、客の姿がないか入り口のほうを気にしつつ、今日の売上をレジで確認する。その最中《さなか》、カウンターのすみで黙り込んでいるスマートフォンが視界に入り、手が止まった。

ここ数日、総司からの着信はない。

あれほどしつこく連絡をとろうとしていたくせに、手を引くときはあっさりとしたものだ。

これで心穏やかに日々を過ごせる。

せいせいした気分のはずなのに、心はざっくりと傷つけられたような痛みを覚えていた。

今度こそ、総司は和香を諦めるだろうか。

彼の中から自分の存在は完全に消えてしまうのだろうか。

それでいい、そうすべきだと心から思っているはずなのに、あらためて突きつけられるのは想像以上に胸が張り裂ける心地がした。そんなふうに感じてしまう自分の反応が苦しかった。

店の前を車が通り過ぎていく音がする。はっと我に返って入り口に視線を向けるが、相変わらず客の気配はなかった。道路は再び静かになり、先ほどまでにも増して静寂が際立つように感じられる。

売上の確認を済ませて手持ち無沙汰になった和香は、ふと思い出し、今朝家を出るときに届いていたエアメールをバッグから取り出した。

差出人はイギリスにいる母だ。彼女からの手紙はこれまでにも何度か受け取ったことがあるため、中身はおおよそ想像がつく。が、大事な用が書かれているかもしれないので早めに確認するに越したことはない。

封を開けると、中から出てきたのは家族の団欒《だんらん》を写した数枚の写真だった。添えられた便箋《びんせん》には、それらがいつ撮られたものかという説明と簡単な近況が記されている。女性らしい柔らかな文字で書かれたそれにさっと目を通してから、写真に視線を移した。

広々とした明るい庭で、父母と弟妹が仲よさげに笑っている。手紙によるとそれは、ホームパーティーで撮影されたものらしい。見ているだけで伝わってくる円満な空気に、和香はぐっと唇を引き結んだ。

そこはあまりにも、自分から遠くかけ離れた場所だった。

最近、店や自宅で一人になると、大きな波のような感情が襲ってくる。それがまたひたひたと迫りくるのを感じて、眉根を寄せた。

近しい親類は海外で、恋人もいない。親友だって結婚してしまう。

そんなの、今に始まったことじゃないのに……

自分はいつか、誰からも顧《かえり》みられない存在になってしまうのではないか。

そんな根拠のない不安に駆られるのは、人生をともにしたいと願った男性が別の女性と結婚している現実を目の当たりにしてしまったせいだろうか。恋人に無視という形で捨てられたことも無関係ではあるまい。

寂しいなんて、口にしたところで詮《せん》ないことだ。誰にそう訴えていいのかさえ分からない。

今の自分にできるのは、ただ黙ってこの胸の嵐が通り過ぎるのを待つことだけだった。涙の一滴すらこぼさずに、じっと。

そうしてやりすごしてさえいれば、いずれ時間が、平穏な心持ちを取り戻してくれるはずだった。総司のことだって、今はつらい気持ちが胸を刺しても、やがては消えていく。

少なくとも和香はそう信じていた。美しいドアベルの音色とともに、よく知った男の声が夜風に乗ってこの耳に届くまでは。

「ほかの女性といるところを見せつけたのに、平然と仕事のやりとりができるなんて、君は本当に心のない人形のようだな」

顔を上げると、入り口のドアにもたれかかるようにして一人の男が立っていた。

容貌は美形と言ってよく、スラリと均整のとれた体格にブランド物のジャケットを羽織っている。だが着こなしがカジュアルなので嫌味がなく、それだけでセンスのよさがよく分かる。

甘いマスクに浮かべるのは女性の懐《ふところ》にするりと入り込んでしまいそうな微笑みだ。和香も少し前までは、その笑顔に安らぎを覚えていたものだが……

「矢野さん……なんのご用ですか？　突然お店に来るなんて、聞いていませんが」

自分の聞き違いでなければ、今とんでもない中傷を投げかけられたような気がするが、それには触れず尋ねた。

ひたと視線を合わせて警戒しつつゆっくりとそちらへ身体を向けると、歓迎されていないことなど気づいているだろうに、矢野は朗《ほが》らかに笑う。

普段なら相手に好印象をいだかせるであろうその笑みも、今は場の空気にそぐわない違和感を強調するだけだ。あんなふうに和香を捨てておいて、平然と店に顔を出し、笑いかける神経が理解できなかった。

気安い足どりで近づいてきた彼は、数歩離れたところで立ち止まる。

二人の間を隔てるカウンターの存在に密かに感謝した。

店を始めた当初から運営についてアドバイスしてくれていた矢野は、この時間に和香が一人になることももちろん知っている。狙ってやってきたと思ったほうがいいだろう。そうと察すれば、不審感はいや増していく。

一方の彼は、こちらの緊張などおかまいなしに気楽な調子で答えた。

「お礼を言いに来たんだよ。仕事を紹介してくれただろう？」

森川から頼まれた紹介の件は、あのあとすぐに矢野と森川の双方にメールを送り、和香の仕事はすでに終わっていた。あとの連絡は直接二人の間でとりあってもらうことになっている。

「お礼なら、メールでもう聞きました」

「直接言っておこうと思ってさ」

そこで矢野はわざとらしい仕草で首を傾げ、両目を三日月のように細めた。

「今度こそ、君の面白い表情が見られるかもしれないからね」

彼の放つ空気が、がらりと色を変えたのが分かった。そこに立っているのは、人格に優れたやり手ディーラーなどではない。人を人とも思わぬエゴイストだ。

——ああ。私はこの男のどこが好きだったのだろう。

和香は目を瞠《みは》るとともに、己の洞察力のなさを思い知る。

この数年自分が見てきた彼は、信頼できる男性だった。常に誰に対しても感じがよく、穏やかで、そつがない。そして決して驕《おご》らない。

失恋を引きずっているのだと交際の申し出を断ったときも、彼は和香の心情を尊重して、待つよと言ってくれた。

そこから四年ほど、矢野は折に触れて口説くような言葉をかけてはきたけれど、急かそうとすることは決してなく、むしろこちらが気まずく感じることがないようにと気を回してくれるほどだった。

だからこそ和香も、そろそろ失恋から立ち直るべきだと考えたとき、自然と彼の手をとろうという気持ちに至ったのだ。

しかしどうやら自分が好感をいだいていた姿はすべて、綺麗に取り繕《つくろ》われた外づらに過ぎなかったらしい。

もはや和香の前で猫をかぶることはやめたのか、こちらに向けられる彼の瞳に温度はなく、まるで意思を持たない物体を映しているかのようだった。

「……なら、私の顔はもう見ましたね。どうぞお引き取りください」

動揺に震えそうな声を抑えつけて言い返すと、矢野は鼻で笑い、やれやれと肩をすくめた。

「分かっていないな。僕が見たいのはそんな顔じゃない。もっと感情を剥《む》き出しにした表情だよ。その人形のような綺麗な顔に、僕だけに見せる特別な表情を作って見せてよ」

和香があえて表情を消して沈黙していると、彼はつまらなそうにため息をつく。

「またその顔か……付き合っているときも君はそうだったね。いつまでも面白みのない人形のままだった。……それとも、抱けば変わったのかな。多少強引にでもそういう雰囲気に持ち込むべきか、これでも悩んだんだ」

「人を面白いとか面白くないとか、失礼でしょう！」

聞くに堪えない内容に思わず叫ぶと、矢野の口角がにやりと上がる。

感情をさらけだしてしまっては、相手の思うつぼだった。

それでも男の視線が身体に絡みついてくるような不快感は拭い去れない。おぞましさに眉をひそめたくなってしまう。

彼の笑っているようで冷たい目は、和香のそんな葛藤すら見通しているように思えた。手の上でいたぶられている気分だ。

矢野は歌うように続ける。

「誰だって、口には出さないだけで、心の中では我がもの顔で他人を批評するだろう？

僕にとって大事なのは、そいつが自分を楽しませてくれるか、否かだ。君には期待していたんだけどな」

「私は面白くないんでしょう。だったらそのまま捨て置いてくれればよかったんです」

ははは、と乾いた笑い声が上がった。

「だから遊びたくなるんだろう？」

男の瞳がこちらを射貫くようにすっと持ち上がる。そこに宿る光は、他人への真心というものが欠如しているように見えた。背すじが冷たくなるような不気味さを覚える。

こつり、と革靴が床を叩く音がして、互いが手を伸ばせば触れ合えてしまう位置まで距離が縮められた。

徐々に追い詰められているような心地になり、後ずさりたくなるのをぐっとこらえる。咄嗟《とっさ》の判断でカウンターから拾い上げたスマートフォンはちゃんと手の中にある。身の危険を感じたらすぐに助けを呼べばいい。

気丈に睨みかえす和香を目にして、矢野の薄い唇が酷薄《こくはく》な弧を描いた。

「君は美しい人形なんだよ。美しいものは好きだ。それがめずらしいものなら、手元に置いておきたいじゃないか。……期待外れだったけどね。まあ、そこも、よしとするよ」

そう言ってまた一歩足を踏み出す。カウンターの真ん前にやってきた彼は、そこに行儀悪く肘《ひじ》をついて寄りかかった。

「追い詰められてこんなに震えている、可愛い顔が見られたわけだからね」

すぐそこまで迫った漆黒の瞳に下から顔をのぞき込まれ、おぞけを感じた和香は反射的に引き下がった。だが、カウンター内にさほどの広さはない。すぐに背中が壁にぶつかり、物々しい音が鳴る。胸中の怯えを表すかのように。

「怯えているの？　大丈夫だよ。僕が和香を怖がらせることをするわけがないじゃないか。ほら」

害意はないと示すように矢野は両腕を広げるが、カウンターを回ってこようとする動きのほうが和香にとっては脅威だった。

まさか本当にここで和香をどうこうするつもりだろうか。

男の腕が自分に向かって伸びてくるのを視認して声を上げようとする。

それ以上近づかないで――

その言葉が悲鳴となって喉からほとばしる、その直前。ガンッという物騒な音が店内に響き渡った。

どうやら音の出どころは店のドアだったらしい。乱暴に揺さぶられたドアベルが耳障りな音を打ち鳴らしている。それを真下で聞いているのだろうに、ドアを蹴りつけた彼――総司は、顔をしかめることもなく冷たい視線をこちらへ投げかけた。

「その話、まだかかるのか？」

人が来たことにホッとしてその場にへたり込みそうになっている和香を矢野がつまらなそうに一瞥《いちべつ》し、総司のほうへ向き直る。そのときにはもう、先ほどまでの酷薄《こくはく》な空気は鳴りを潜め、日頃の善良な外づらが彼の素顔を完璧に覆い隠していた。

「僕のあとにも客人が来ていたとは気づかず、失礼しました。話はもう済んでいるので僕はおいとましますよ」

矢野があの夜すれ違った和香の元恋人だと気づいていないわけはないと思うが、総司はその言葉に軽く首を動かしただけだった。

矢野は素早くこちらの耳元に顔を寄せ、小声で囁《ささや》く。

「以前も一緒にいた彼だね。慰《なぐさ》めてくれる男に事欠かなくてよかったじゃないか」

和香が拒むように振り払った手を器用に避けて、総司に見えない角度でにやにやといやな笑みを浮かべる。

「僕が本当にここで君になにかすると思ったかい？　――するわけないだろう。そんな面倒事になるのが分かりきっていることを」

彼は本当にただ相手をいたぶってその表情を楽しんでいただけなのだ。

和香の頬が屈辱にカッと熱くなる。

すかさず、コンコンッ！　と今度は鋭いノックの音がした。ドアを叩く総司の無言の催促に、やれやれと矢野は呆れたように息を吐く。だが、すぐによそ行きの表情を貼りつけると、今度は頼もしい口調で語りかけてきた。

「紹介された件はきちんと務めるよ。そこは安心するといい」

「最初から……心配していません」

そういうところはちゃんとしている。そこだけは信頼している。

「そうか」

短く応じた彼はそれでこちらに対する興味を完全に失ったらしい。あっさりと踵《きびす》を返すと、総司の脇をすり抜け、迷いのない足どりで店を出ていった。

その背中が完全に見えなくなったのを確認してから、総司はじろりと鋭い眼差しをこちらに向ける。重苦しい沈黙にじりじりと責められているような気持ちになり、和香はついどうでもいいことを口にした。

「お店のドア、蹴らないでよ……」

「はあ？」

呆れ果てたと言わんばかりの容赦ない声音が返ってきて、びくりと肩を震わせる。つかつかと歩み寄ってきた彼は明らかに怒っていた。

「そんなことを言ってる場合か！　あいつ、この間の二股野郎だろ。俺が来るのがもう少し遅かったらどうなってたことか！」

矢野との話がどの程度聞こえていたかは分からないが、ただならぬ空気であることは十分察せられたらしい。交際していた頃にも見たことがないくらいの剣幕だった。

和香の両目から涙があふれる。途端に総司はひるんだ顔をした。

「そう、だよね……ごめんなさい。来てくれてありがとう……」

すん、すん、と鼻をすすりながら涙を拭う和香を前に、総司はしばし迷うような素振りを見せ、俯《うつむ》く頭の上にそっと片手を乗せた。髪を介して伝わるぬくもりに、どっと安堵《あんど》が押し寄せる。

そんな面倒事になるのが分かりきっていることをするわけがない。矢野はそう言った。そして実際、彼の性格的にそんなことをするのはありえないのだろう。

だけど、それでも――和香は怖かった。

総司の怒りは、それが至極まっとうな反応なのだと肯定するものだった。

自分の感情を当たり前のように認められたことで、張り詰め続けていた緊張の糸がぷっつりと切れてしまったらしい。こんなふうにみっともなく泣きたくはないのに、どうしても涙を止められず、嗚咽《おえつ》を繰り返す。その頭を総司はただ黙って撫で続けた。

矢野の狂気じみた笑い声が耳について離れない。一度は好きになった人の、あんな姿を見たくなかった。彼はただ気に入ったものを所有し、己の欲を満たしたかっただけ。最初から和香に対する愛情など欠片《かけら》もいだいてはいなかったのだ。なのに、あっさりと騙された自分はさぞ簡単な女だったことだろう。

ますますあふれ出した涙を懸命に拭い、視線をほんの少しだけ上げると、総司との間には人一人分ほどの空間が空いている。

抱きしめてくれたらいいのに、と和香は思った。

今すぐに、誰かのぬくもりに触れたくてたまらなかった。自分は愛される価値のある人間なのだと実感させてほしかった。

けれどここでそうしないのは、彼の優しさなのだろう。

男に怖い思いをさせられたばかりの和香に、自分が触れていいのか迷っている。仕事では無駄を嫌う人ではあるが、そういう気遣いはちゃんとあるのだ。

和香は泣きながら、ぼやけた視界の中に映る広い胸板を見つめた。

そこにすがりつきたい。そうしたらきっと、この震える心も安らげるのに。

だが、自分からそうしないだけの理性は残っていた。悲しいことに。

ひとしきり泣いて涙が収まってきたところで、和香はおずおずと顔を上げる。恥ずかしさから視線は合わせられないまま、「もういいから……」と伝えた。

そうかと頷き、総司の手が離れていく。惜しむようにその動きを目で追いかけそうになり、慌てて視線を逸《そ》らした。

「どうして来たの」

気まずさを誤魔化《ごまか》したくて、咄嗟《とっさ》に尋ねる。

総司の親指が店の入り口のほうを指した。そこに置いてある傘立てには、彼が来るまではなかった美しい木の持ち手の傘が立てかけられている。

「傘。忘れていっただろ」

「あ……」

それはまぎれもなく、総司と一夜を過ごした翌朝、和香がホテルに忘れていったものだった。有紗がイタリアで買ってきてくれたお気に入りのものだが、とりに戻るわけにもいかなかったので、失くしたものと諦めていたのだ。

捨ててくれてよかったのに、とはさすがに言えなかった。

「ありがとう」

涙に濡れた顔を恥ずかしく思いつつも目を見てそう言えば、なぜか総司はぐっと息を詰めて眉根を寄せる。

「どうして……ひとりなんだ……」

脈絡のない質問に、和香は戸惑う。

「こんな時間まで店番に二人はいらないから、勤務時間をずらしているの」

女一人の店番なんて不用心だとでも言うつもりだろうか。

しかし総司は「そうじゃない」と首を横に振る。その表情はひどく苦しげで、内に込み上げる激しい感情を必死に呑み込もうとしているかのようだった。

和香が困惑していると、なにかを決意した瞳が真っ直ぐにこちらを向く。

「俺をそばに置いてくれ、和香」

「それは――」

「やり直そうと言ってるわけじゃない。ただそばにいさせてくれるだけでいいんだ」

和香は総司の顔を凝視した。彼がなにを考えているのか分からなかった。

――そばにいさせてくれるだけでいいって、どういうこと？

疑問を口にしようとしたところで、ドアベルの音が再び響く。

はっと総司から距離をとって振り向くと、入り口に立っていたのは有紗だった。

「そこでなにをしているの？」

鋭い問いかけとともに、彼女の瞳が和香の泣き顔を捉えて険しさを増す。

その口から非難の言葉が飛び出すよりも早く、「違うの！」と和香は叫んだ。

「少し前に、矢野さんが店に来て……総司は助けてくれたの」

矢野の名を出した瞬間、有紗の表情が分かりやすく緊迫感を帯びた。その視線が和香の全身と店内を素早く駆け巡る。

ひとまず無事だと確認するや否や、その唇から安堵《あんど》の吐息が聞こえた。だが、彼女のまとう空気はまだ警戒を解ききってはいない。

和香が名を呼んだことから、店にいる見知らぬ男が最近親友にしつこく連絡を寄こしてくる、五年前に別れた相手だと気づいたのだろう。有紗は静かな声音で尋ねた。

「……宗像さんは、どうしてここに？」

「私の忘れ物を届けてくれたの」

「なら、もう用事は済んだのね。──すみませんが、まだ店の仕事が残っているので、お引き取り願えますか？」

冷たく追い返そうとする有紗の態度に和香は狼狽《うろた》える。自分から総司を引き離そうとしてくれているのだと分かるのに、彼と離れがたく感じている己に気づいて愕然《がくぜん》とした。

だが、無関係の人間に居座られると店として迷惑なのは事実なので口を挟めない。

総司もそんな事情は理解できたのだろう。「ああ」とあっさりと頷いて、こちらに向き直る。

「またあらためてゆっくり話そう。電話する。今度は出てくれ」

懇願するように念を押され、和香はわずかな躊躇《ちゅうちょ》のあと小さく頷いた。怯えていたところを助けられ、彼には借りができてしまったから。胸中でそう言い聞かせた理由はあとづけだ。

頬のあたりに、有紗の視線がチクチクと突き刺さっている。彼女の言いたいことが、痛いほどよく分かった。

それでも和香は、もう電話をかけてこないで、と総司に告げるはずだった言葉を、どうしても口にすることができなかった。

回想Ⅱ『美術館の約束』

ぬるい夜風が頬に当たる。真夏の東京は夜でも涼しいとは言いがたい。

しかし、駅前の商店街から住宅街に続く道を歩く和香は、めずらしく緩んだ笑顔を浮かべていた。付き合いはじめたばかりの総司に左手を引かれている。

金曜日の夜。仕事上がりに二人で食事に行った帰り道だった。店は雰囲気のいいイタリアンで、休日前だからとワインも注文したので、和香はいい具合にほろ酔いだ。

上機嫌に歩く恋人を少し呆れたように総司が見やる。

「こんなに酒に弱いんじゃ人前で呑まなくて正解だな……」

「んー？　なにか言った？」

「俺以外の前で呑むなよって言ったんだ。この酔っ払い」

「それは言われなくても分かってる。だから同期の集まりでもいつもソフトドリンクでしょ？」

口では愛想のないことを言いつつも、こちらの足元がふらつくと総司はしっかり支えてくれるので、和香の口元はにこにこと綻《ほころ》んだままだ。

「総司も同じこと言うんだね」

「ほかにも同じことを言ったやつがいるのか？」

彼の声音にわずかに交じった硬質な響きには気づかず、和香はさらりと答えた。

「親友だよ」

「……女？」

「もちろん」

二十歳を迎えてすぐの頃、有紗と二人で初めて酒を呑んだ。そのときに泥酔してしまい、『酔った和香は無防備すぎるから絶対に恋人以外の男の前では呑んじゃダメ』ときつく言い含められていた。だから、彼女以外の人の前で酒を呑んだのはこれが初めてだった。

飲酒自体が久しぶりのことで少し不安もあったが、結果的には呑んでよかったと思う。

だって、総司の前で自然に笑えている。

交際を始めてから、彼のことを過度に意識してしまっていた和香は普段以上に無表情になっていた。たぶん受け答えもかなりぎこちなかったと思う。それでも総司の態度は変わらなかったが、ここは変化がないことに焦るべきだろう。会話やスキンシップの距離感が友人であったときと同じだということだから。

だけど、この調子なら、今日は勇気を出して言えそうだ。

和香の暮らすアパートの部屋の前まで二人でやってくると、今までにも何度か送ってもらったときと同じように、総司は「おやすみ」と言って一人で駅までの道を戻ろうとする。

その袖口を掴んで引き止め、上目遣いで尋ねた。

「ね、ねえ。恋人らしいこと、しないの？」

キスは、告白されたときに一度したきりだ。それ以上のことを求められる気配もない。だけど、和香だって処女ではないし、大人同士の付き合いなのだから、こうして一人暮らしの恋人の部屋までやってきたら、そういう雰囲気になるものではないだろうか。

……早まったかもしれない。

そんな思考がよぎったのは、振り向いた総司の瞳に情欲の色をかすかに感じ取ったからだ。彼は薄く微笑んで首を傾げる。

「恋人らしいことって、たとえば？」

「え、き、キス……とか」

口にした直後、唇の中央に長い人差し指が触れた。

「していいのか？」

ゆっくりと唇をなぞる彼の瞳が雄の色気を宿して妖しくきらめく。

指先で触れられているだけなのに甘い痺《しび》れのようなものを感じ、「ん……っ」とか細い声が鼻に抜けた。無意識に出た自分の反応に頬が熱くなる。

キスくらい、この間もしたのだから平気だ。

そう考えてこくりと頷くが、なぜか異様に緊張する。

和香のそんな思考を見抜いているのかいないのか、総司の目が愛しげに細められ、唇がまず額《ひたい》に触れた。流れるような動作で髪の中に手を差し込まれ、唇が目尻、鼻先、頬と徐々に下りてくる。

肌を撫でる吐息を感じて、彼がものすごく近くにいることを意識してしまい、後ずさろうとする。が、背後は自宅のドアだった。

逃げ場もないまま、唇に下りてくる総司のそれを受け止める。先日も触れた柔らかい唇が、そっと重なって、しばらくして離れた。詰めていた息をホッと緩めた和香は、すぐにやってきた二度目に目を見開いた。

唇と唇が今度は深く、睦《むつ》み合うように、交わる。総司は和香の唇を優しくはんで吸う動きを、ゆっくりと場所を変えて繰り返した。慈しむように。

激しさは全くない。むしろ濃《こま》やかとすら言える所作なのに、じんとしたもどかしい熱が体内に生まれて、呼吸に淫らな響きが交じりはじめる。

「ん、ふ……っ」

ぴくん、と身体を震わせた和香は、思わず総司のスーツを掴み、助けを求めるようにすがりつく。潤《うる》んだ瞳で見上げると、同じく目を開いた彼と視線が合った。

途端、後頭部と背中に回った腕に力がこもった。

「あっ……」

さらに深く唇が重なり合い、その隙間から差し込まれた舌が、丹念に口内を探る。わずかでも反応があった部分は、撫でたり突いたり特にじっくりと愛撫された。性感帯を確かめようとしているみたいだ。己の内部を暴かれる感覚と互いの唾液が混じり合う水音にくらくらしてしまう。

濃密な口づけは、総司が和香の口内を検《あらた》め終えるまで延々と続けられた。

ようやく唇が離れたときにはとっくに腰砕けになっていて、くったりと目の前の身体に寄りかかってしまう。それを苦もなく支えながら、総司が少し息を乱して囁《ささや》いた。

「お前のペースに合わせてやるから、あんまり焦るな。まずは俺がそばにいることに慣れてくれ」

新しくできた恋人を意識しすぎて緊張してしまっていることなど彼にはお見通しだったらしい。

「次に誘うときは、酔ってないときにしてもらえるか」

酔いのせいだけでなく顔を真っ赤にした和香は、こくこくと頷くことしかできない。

総司のキスは、和香の知っているキスとは全くの別物だった。愛情にあふれている、とでも言えばいいのか。だから、とてつもなく気持ちがいい。

たん、たん、たん、と彼がアパートの外階段を下りていく。その足音を聞きながら、キスでこれなら彼に抱かれたらどうなってしまうのだろう、と想像し、和香は両手で顔を覆った。


そのお誘いを口にするまで、一ヶ月かかった。

その間、総司は何度か別れ際に濃厚なキスを仕掛けてきたが、決して自分から和香の自宅に上がりたいとは言わなかった。ゆっくりと慣らしてくれていたのだろう。いや、焦らされていたのかもしれない。

とにかく、その場の空気でもつれ込み、勝手に気持ちよくなっていた過去の恋人たちとは違うということは十二分に理解した。

だから、和香がまたも総司の袖を掴み、「帰らないで」と告げたとき、顔中が真っ赤になるくらいの羞恥はあったが、行為そのものに対する不安はなかった。彼なら、こちらがなにかをしくじったとしても笑ったりせず、失敗も含めてすべて受け止めてくれるだろうという信頼があったのだ。

シングルベッドの上に押し倒されると、見上げる形になった総司の身体をいつもより大きく感じた。毎日眠っている場所なのに、彼がいるだけで胸が痛むほど高鳴ってしまう。

互いの髪から香るのは同じシャンプーの匂いだ。シャワーを浴びる時間をきちんととってもらえたことをありがたく思う反面、その余裕が少々面白くなかった和香は、眼前に落ちかかる真っ直ぐな黒髪がしっかりと乾ききっていないことに気づき、嬉しくなった。

「和香……」

総司の右手が頬に触れる。大きくて温かい。擦りつけるように頭を動かすと、彼が目を細めて顔を寄せてくる。だから和香は素直に目蓋《まぶた》を下ろした。

ぴちゃ、ぴちゃ、と舌を絡める音が頭の中で大きく響く。その卑猥さに恥ずかしさを覚えたが、キスを求める気持ちのほうが強い。口内の感じる場所はとっくに把握されていた。

じゅっと舌を吸われて、お腹の奥がじんと疼《うず》く。もどかしさに身をよじると、衣服の上から胸をやわく揉まれた。

ワンピース型のパジャマの下にブラはつけていない。大きな手のひらが存在を主張しはじめた突起をかすめた瞬間、ぴくんと腰が震えた。

「んん……っ」

「もう硬くなってきてるな」

なにが、なんて聞かなくても分かる。

「期待した？」とキスの合間に囁《ささや》かれて、和香は瞳を潤《うる》ませた。

「そんなの……したに決まってるでしょ。分かってるくせに……」

自宅の前で口づけを交わすたびに、もっと触れてほしいという思いが募った。総司ともっと深くつながりたかった。セックスを自分からほしがったことなど今までなかったのに。

なんてことを言わせるのだと相手を睨むが、彼が嬉しそうに微笑むのを目にしたら、抗議する気持ちは即座に失せた。

そのまま唇は再び塞がれて、パジャマのボタンもいつの間にか外されていた。ごつごつした男の手が直接胸に触れる。形をなぞるように撫でる動きはとても繊細だった。くすぐったくて、もどかしい。

硬くなっていると指摘された頂点にすぐにでも触れてくれるかと思ったのに、総司はそこを絶妙に避けて和香の乳房を愛撫した。柔らかさを楽しんでいるみたいに膨らみを包み込んだり揉んだり、穏やかな刺激を繰り返す。

まるでとろ火でじりじりと煮詰められているような気分だった。意地悪な指先が乳房の中央をかすめていくたびに期待と落胆で呼吸が震える。

長々とキスを続けていた総司の唇がよそへ移ると同時に、はっと熱いため息が己の口からこぼれ出て、いつになく興奮していることを自覚する。

好きな相手と触れ合っているからこそ高揚しているというのももちろんあるだろう。

だがそれだけでなく、総司はきっと女性の扱いがうまい。

――ううん。扱いがうまい、というのとは、ちょっと違う気がする。

和香の耳元にたどり着いた彼は耳たぶを甘噛みしたあとに、じゅぽっと耳孔《じこう》に舌を差し入れてきた。

「ふぁあ……」

淫らな水音がじかに頭の中に響く。それに入り交じるようにして荒い吐息が聞こえた。総司も興奮しているのだと思うと、それに煽《あお》られるようにして和香はいっそう高ぶってしまう。

彼はそんなこちらの反応を逐一拾い上げては、さらに心地よい触れ方を探ってくる。それは性技が巧みというよりは、目の前の相手に真心を込めて尽くそうとする動きだった。

――情が深いんだ、この人は。

だから、一つ一つの愛撫が的確で気持ちよくて、幸せな気分にさせられてしまう。

「総司……」

「ん？」

頭を持ち上げてこちらを向いた男の瞳は、優しさの中にも情欲を滾《たぎ》らせていた。そんなところにもきゅんとしながら、和香は懇願する。

「も、焦らさないで……」

「焦らしたほうが、気持ちよくなるだろ」

「そんなの、知らない……っ」

本当に知らなかった。自分の中にこんなにも誰かと交わりたいと願う欲求があるなんて。

しかたがないな、とでも言うように総司が苦笑して、硬い指先がきゅっと乳首を挟んだ。瞬間、甘い電流が全身を駆け抜ける。

「ふぁあっ！　ん……っ……」

今まで感じたことのないような快感が全身に広がり、思わず胸元を見下ろせば、痛々しいほどに赤く張り詰めた突起が指の間でくりくりと転がされていた。

淫らな光景にお腹の奥の疼《うず》きがずくんと強まる。さらには反対側の頂《いただき》を口に含まれて、秘所がなにかを求めるようにひくんと反応した。

「は……やぁ、総司……これダメぇ……」

「なにがダメなんだ」

「感じすぎちゃう……」

ふっと吐息で笑う音が聞こえたと思ったら、ちゅうっと思い切り乳首を吸われた。

「ひゃぁん……っ！」

熱いものが背すじを突き抜けて、総司が着ているシャツの肩をぎゅっと掴む。秘所のあたりが抑えようもなくひくひくとうごめいて、渇望がさらにひどくなっていた。

自分の身体がおかしくなったみたいだった。胸だけでこんなにも感じてしまうなんて。

呆然とする和香に総司は優しい目を向けて微笑んだ。

「気持ちいいなら、そのまま感じてたらいいだろ」

そう言って、もどかしく揺らめく腰をもったいぶった手つきで撫で回す。パジャマのワンピースはすでに下までボタンが外されていた。残されたショーツにも手がかかり、あっさりと引き下げられてしまう。

総司の指が秘められた溝に忍び込んできた瞬間、くちゅっと水音がした。敏感な部位を探る指が粘膜の上をぬるぬると這う。自分がどれほど濡らしてしまっているかを思い知り、和香は目元を熱くした。

「はぁ……ンっ！　や、総司っ……そこ、だめぇ……」

指先が花芽をかすめただけで、熱い衝撃が全身を貫くようだった。あまりの快楽から逃れようと頭の後ろにある枕を掴む。だが、総司の静かな欲情をたたえた瞳に射貫かれてしまえば、それ以上の抵抗は不可能だった。

花芽に触れたのは故意ではなかったのか、ここでも彼はじっくりとこちらを焦らした。

慎重に動く指先が秘裂の外縁から内側へ、じれったいほどの時間をかけて進んでいく。

先ほどからお腹の奥に淫らな熱を燻《くすぶ》らせ続けている和香はたまったものではない。早く核心に触れてほしい気持ちと、強烈な快感を恐れる気持ちとがせめぎ合う。

総司はそんな恋人を慰《なぐさ》めるように胸の周りにたくさんのキスを落とした。愛されていることを実感させるような情のこもった仕草が心地よくももどかしい。

過去の恋人たちも、彼は同じように愛してきたのだろうか。

ふとそんな考えが浮かぶ。想像しただけで彼女たちに嫉妬してしまいそうだった。それくらい総司の触れ方は愛情に満ちていた。

ようやく中心に行き着いた指がちゅくっと音をたてて秘孔に入ってくる。

「んん……っ！」

まだ指が一本挿入されただけだ。なのに、長らく辛抱させられた女の身体は勝手に歓喜してぎゅっとお腹に力を込める。目の前の唇がゆるりと綺麗な弧を描いた。

「すごい締めつけてくるな。そんなにほしかったのか？」

「そんなこと言わないで……ばか……っ」

口では歯向かって見せても、身体は与えられる刺激に従順だ。そのことに一番驚いているのは、ほかならぬ自分自身だった。

セックスってこんなに気持ちいいものだった……？

思わず過去の経験を振り返ろうとした和香は、しかし蜜壺をぐるりとかき回される動きであっさりとその思考を手放す。

「あっ、ぁあ、ん……っ！」

総司の頭をぎゅっと抱き込んで嬌声を上げると、顔を胸に押しつけられた彼がこれ幸いと乳首に舌を擦りつけてくる。上と下から同時に注ぎ込まれる快楽に和香は感じ入った。

長い指に膣の行き止まりを押されると、身体の奥からじわりと深い官能が湧き起こる。硬くしこった乳首にちゅっちゅっと口づけされると、そのたびに甘い微電流が全身を駆け巡る。

とてつもなく気持ちがよくて、頭がどうにかなってしまいそうだった。

腰のあたりに灯った炎が徐々に大きくなっていく。それはやがて和香自身を呑み込むほどになり、なにか来る――と思ったときには、全身を快楽で埋め尽くされ、解き放たれていた。

初めて覚える不思議な充足感に、くったりと身を横たえたまま、ぽつりと呟く。

「いまの、なに」

脱力して投げ出された脚に引っかかっていたショーツを引き抜きつつ、総司はしれっと返した。

「なにって、イッたんだろ」

「う、嘘……前にイッたときは、こんなじゃなかった……」

「前って……。どんなだったんだよ」

「あんまりはっきりとは覚えてない、けど……こ、こんな……すごくなかった……」

枕に顔を半分うずめている和香は、いまだ頭がぼんやりとしてうまく言葉が出てこない。総司が意表を突かれたように目を丸くして、ほんのりと頬を赤らめた。

「そ、そうか……」

口のあたりを手で覆い、視線を逸《そ》らす。少しだけ垣間見える口元がなんだかものすごく緩んで見えるのは気のせいだろうか。

和香は身を起こして確かめようとしたが、彼が気を取り直して再び覆いかぶさってくるほうが早かった。その表情にはもう緩んでいるところはない。代わりに、やけにやる気を出した様子でいきいきと輝いている。

「なるほどな。和香がこういうことに全然慣れてないってことは、ようく分かった」

「どうして嬉しそうなの……？」

「気持ちいいことの教えがいがあるだろ」

にやりと上がった口角にいやな予感を覚えて逃げようとした恋人を総司はすかさず捕

まえた。そうして無防備になっていた両膝を掴み、上半身のほうへぐっと押し上げる。しとどに濡れた場所があらわにされて、和香は小さく悲鳴を上げた。

部屋の照明は煌々《こうこう》と灯されている。自分でもよく知らない大事な部分はしっかりと見えてしまっているだろう。

それだけでも顔から火が出そうだというのに、なんと総司はそこへ顔をうずめてしまった。

「ちょ……っ、どこに顔うずめてるの……ひゃんっ！」

ぬるりと肉厚ななにかが秘裂を這う感触に和香の喉から高い声が発せられる。なにかとんでもないことをされている気がする――いや、なにをされているかは分かるのだが、脳が理解するのを拒否していた。

だって、まさか……そんな汚い場所を舐めるなんて……！

そういう行為があることは知っていたが、自分がされるとは思っていなかった。

そんなこちらの驚愕をよそに、唾液と愛液をまとった男の舌が女性の身体で最も感じやすい突起を弾《はじ》いてきて、びくんと腰が跳ねる。

「ぁあんっ！　や、ダメっ、そこは……っ！」

身体を引いて逃げようとするが、両腕で太腿をがっしりと捕らえられていてびくともしない。そうしているうちに、花芽をくりくりと舌先で転がされ、抵抗どころではなくなってしまう。

「ひぁ、ああ！　総司っ、それ、やっ……だめぇっ……っ」

気づけばベッドの上に身を投げ出し、よがるばかりになっていた。

総司は無言でじゅるじゅると愛液をすすり、快楽の芽を撫でくり回している。その目は和香の顔にひたと据えられ、ときおり愛おしそうに細められる。

そんな顔をするのはずるい。

汚いところを舐められるのも、それで感じる姿を見られるのもとてつもなく恥ずかしいのに、羞恥心のストッパーが徐々に外れてしまいそうになる。無駄な抵抗なんてせずに、素直に受け入れていいのかも、なんて思いはじめてしまう。

一度絶頂を迎えたことで、和香の身体はよりその感度を高めたらしい。二度目の波が迫りくるまで、さほどの時間はかからなかった。

「あっ、ああ……っ、そうじ、もう……わたし……っ」

また、イッてしまう。あの熱くて気持ちのいい衝撃にすべてを白く塗りつぶされてしまう。

和香はその訪れを期待し、ぎゅっとつま先を丸めて身構えた。体内を駆け巡る熱の奔《ほん》流《りゅう》がこれ以上ないほどに猛《たけ》り、解放の瞬間を求めて出口を目指す。

だがその寸前、総司はぴたりと口淫をやめてしまった。

あとちょっとだったのに――ひどいお預けを食らって泣きそうな顔になっていると、どこからか取り出した避妊具のパッケージを破っていた彼が、こちらの視線に気づいて困ったように苦笑した。

「次イッたら、お前満足するだろ」

「そ、それは……そう、かも……」

しぶしぶながらも同意すると、それを褒めるように総司は頭にぽんと手を置く。そして手早く準備を終え、身につけていた衣服を脱ぎ捨てた。和香のパジャマも完全に奪い去ると、ぎゅっと抱きしめてくる。

肌と肌がぴったりと重なる感触が心地よくて、和香は自分からも広い背中に腕を回した。

「悪いが、あともう少し付き合ってくれ」

「うん……」

頷いたと同時に、ずるりと太いものが中に入ってきた。だが、念入りにほぐされていたおかげで、その先端は驚くほどすんなりと最奥に到達してしまう。引っかかりなども全然なくて、ただただ充足感に満ちたため息だけがこぼれた。挿入がこんなにも気持ちよく感じるのは初めてかもしれない。

「動くぞ」

たぶんなんの合図もなく始められても全く問題なかったと思うが、総司は律儀にそう告げてから腰をゆっくりと動かしはじめた。

「はぁっ……総司っ、ん……！　んぅっ……！」

「和香……っ」

熱くうめく声を耳の間近で聞いて和香は嬉しくなる。

総司も感じている。一方的に奉仕されるよりも、二人一緒のほうが気持ちよさは段違いだった。

強くしがみつくと、後頭部に柔らかく手が添えられる。だから安心して彼に身を委《ゆだ》ねた。

体内に受け入れた屹立《きつりつ》がぬらぬらと内壁を愛撫する。愛液で滑りがよくなった結合部は甘美な淫楽を次々と送り込んできて、甘えるような嬌声があふれ出すのをこらえられない。媚《こ》びを含んだ声音はとても自分のものとは思えないのだが、そんな己の声を耳にすることにすら和香は煽《あお》られていった。

「あっ……総司っ、総司……っ、はぁ、すごい、熱い……っ」

抽挿を繰り返すほどに、総司の熱はみっしりと質量を増し、膣を押し広げていく。そのまま奥をずんずんと突かれると、どこかに飛ばされてしまいそうな圧倒的な快楽に襲われる。

「あ……ぁあっ、や、ま、待って、総司っ……わたし、また……イッちゃ……っ」

これ以上はダメだ。

そう首を振って訴えたのに、総司はぐるりと腰を回して中をかき混ぜてくる。

「いいぞ……っ、俺も、そろそろっ……だから、そのまま……っ」

大胆なわりにイイところを的確に突いてくる動きにひときわ鋭く官能を刺激されて、和香は目の前の逞《たくま》しい身体にすがりついた。

「総司っ……も、きちゃ……や、あ、ぁああ――――っ!!」

限界まで張り詰めた身体がびくんびくんと震える。同時に総司が力強く抱擁してきて、低いうめき声が聞こえた気がした。

彼もイケたのだろうか。一度目よりもさらに大きな快楽に呑まれた和香には、体内のソレが射精したのかどうか確かめている余裕はなかった。

圧倒的な多幸感に押し包まれ、ぼんやりとベッドの上で放心する。

間もなく総司が和香の上から起き上がり、手早く避妊具を外しはじめたので、どうやら一緒にイケたらしいことだけは察した。それによっていっそう増した幸福感に浸り、枕に頭を預けたままゆるりと口元を綻《ほころ》ばせる。

すると、後始末を済ませて戻ってきた総司に頬をつつかれた。

「気持ちよさそうだな」

笑い交じりの穏やかな声は、普段の端的でややそっけなく感じる話し方とはまるで違う。たぶんこれは、恋人にしか聞かせない声。

「うん……今すごく幸せ」

緩んだ笑顔で和香が言うと、返ってきたのは曖昧《あいまい》な吐息の気配だけだった。

もしかして、照れた……？

目蓋《まぶた》を下ろしていたために彼の表情を確かめることは叶わなかったが、きっとそうだろうと根拠もなく確信する。

ふふふと一人で小さく笑っていると、隣に横たわった総司に夏用の上がけをかけられた。室内はクーラーが強めに効いているので、触れ合った高い体温が心地よい。

てっきりこのまま就寝するものだと思った和香はいそいそと眠る体勢に入ったのだが、しばらく待っても彼にその様子はなかった。部屋の照明もついたままだ。

不思議に思って目を開くと、総司は仰向けの状態でチラシのようなものを頭上にかざしていた。

「なに見てるの？」

「ああ……机の上に置いてあったやつ。ちょっと気になって」

そう言って、和香の位置からも見えるように手の角度を変えてくれる。

一番に目に入ったのは、「ナポレオン展」の文字だった。それとともに、サン＝ベルナール峠《とうげ》を越えるナポレオンを描いた有名な絵画が表面《おもて》を彩っている。

それは、近々都内の美術館で催《もよお》される特別展示のフライヤーだった。展示の内容が面白そうだったので、先日持ち帰ってきたものだ。

「こういうの、興味あるの？」

「ん、まあ……近代史はわりと好きかな。和香こそ、好きなのか？　フライヤーをとってあったってことは、見に行くつもりなんだろ？」

「うん。って言っても、私が興味あるのは芸術とか文化のほうだけどね。ナポレオンの時代は古代ローマやギリシアのデザインを再現した帝政様式が流行したから、美術的にも面白いの」

「へえ、さすが、詳しいんだな」

さすがというのが芸術を専門的に学んだ経歴を指していることに気づいて、和香は首を横に振る。

「大学でも美術史は勉強したけど、このあたりの知識は個人的な趣味の部分が大きいかな。私、アンティークが好きなの。ナポレオンの時代に作られた家具や雑貨は、今でもアンティークとして売買されてるんだよ。この時代に人気だったトワエモアっていう指輪のデザインが私は特に好き」

熱を込めて語りそうになったところで、はっと言葉を止める。こういう話は相手を選ぶので、急にまくし立てては引かれてしまうかもしれない。

だが、その心配は杞憂《きゆう》だったようだ。

寝転がった総司は天井を見上げたまま顎《あご》に手を当てて興味深げに頷いていた。

「トワエモア……フランス語だな。〝あなたと私〟くらいの意味合いか」

「……聞いただけで分かるの？」

「基本的な単語だからな」

「……トワエモアは、同じ大きさの二粒の宝石が対になるようにデザインされたリングなの。それが寄り添い合う夫婦のようだから〝あなたと私〟。当時から婚約指輪に贈る人は多かったみたい」

ナポレオンもまさにその一人だった。フランス皇帝の地位に上《のぼ》りつめた彼の妻ならば、豪華なジュエリーなどはいくらでも手に入れられただろう。それでも、夫から贈られたそのリングは彼女にとって特別な品だったに違いない。

トワエモアの婚約指輪は和香にとっても密かな憧れだった。総司がそれに興味を持ってくれたことを嬉しく思いながら、控えめに提案する。

「ねえ、よかったら、だけど……ナポレオン展、一緒に行かない？」

「いいのか？　俺は美術にはあまり詳しくないぞ。突っ込んだ話もできるやつと行ったほうが楽しめるんじゃないのか？」

「もともと一人で行くつもりだったし。それに総司は歴史なら分かるんでしょう？　私はそっちの知識があんまりないから、二人で教え合いながら見たほうが楽しそうじゃない？」

「それはそうだな。なら、行くか」

「うん」

それから二人で話し合って、展示期間の最初の日曜日に行くことに決めた。

和香はそれまで美術館デートというのをしたことがなかったので、恋人と自分の趣味を共有できることが嬉しく、その日を楽しみにしていた。

だが結局、その約束が果たされることはなかった。

約束の日曜日は、朝からザーという雨の音が切れ間なく続く、陰鬱《いんうつ》な天気の日だった。

デートに出かける直前、自宅で準備をしていた和香のスマートフォンに一件の着信があった。

画面に表示された見覚えのない番号は固定電話のもので、市外局番が祖母の暮らす県の番号であることに気づき、言い知れぬ不安が胸をよぎった。

電話で聞かされた内容に和香は言葉を失った。

その連絡は、祖母が倒れて救急搬送されたことを伝えるものだった。

第三章　そばにいる

また電話するという言葉のとおり、総司からの連絡はすぐに来た。手短に伝えられた用件は、意外でもなんでもないものだった。

『一度きちんと話がしたい』

こちらとしても異論はなかったので、あらためて会う日取りを決めて電話を切った。

そして約束の日、ショップの営業が終了する時刻に店に迎えに来た総司は、閉店作業を済ませた和香をＳＵＶに乗せて夜の街を走りだした。

彼が車でやってきたという事実に和香はまず驚いた。昔は所有すらしていなかったはずだが、車内の様子を見る限り自家用車だ。

「東京からわざわざ車で来たの？」

座り心地のいい助手席のシートに身を預けつつ尋ねると、総司は慣れた手つきでハンドルを回しながらさらに驚くことを告げた。

「実は、数日前にこっちの支社の支社長に就任したんだ。だから今は市内に住んでる」

「支社長？　そんなに昇進してたの？」

「まあな」

自分と付き合っていた頃は、同期たちと同様なんの役職もない社員だったのに。五年の間に彼の置かれている状況はずいぶんと様変わりしたらしい。兄に代わって急《きゅう》遽《きょ》跡取りに指名されたことが大きかったのだろう。

森川が電話で『言っておくべきかな……』などと呟いていたのはこのことだったのか、と今さらながらに腑に落ちる。

お祝いを言うべきかとも思ったが、総司の口ぶりがあまりにも淡々としていたので、迷った末にやめた。そんなことよりも気になるのは、こちらに引っ越してきたという話だ。それはつまり、奥さんも一緒ということではないか。

「……早く、帰ったほうがいいんじゃないの。家で、待ってる人がいるんじゃ……」

総司がなるべく早く会いたいと言うから仕事が終わってからの時間帯を指定したが、家庭を持つ人間はそろそろ帰宅したほうがいいように思う。

自分が心配することでもないだろうに、尋ねずにはいられなかったことを自嘲する。

運転している総司の横顔をちらりと見やると、彼は一瞬真顔になり、しばらくして「あぁ」と納得したような声を漏らした。

「一人暮らしだから、そういう心配はいらない」

「そう……」

だからと言って既婚者の元恋人とこんなふうに会うことがよいことであるはずもない

のに、心のどこかでホッとする自分がいる。そのことにまた苦い思いが胸に広がった。

そんな己の心情から目を逸《そ》らすように、和香はフロントガラスの向こうに視線を移す。

どうやら車は繁華街の方向に走っているらしく、窓の外にはきらびやかな明かりが徐々に増えはじめていた。

「どこに行くの？」

電話で話したときには、店に迎えに行くから待っていろと言われただけで行き先までは聞いていない。

「とりあえずなにか食べられるところ。腹減ってるだろ」

確かに夕食は食べていないが、これからすることになるだろう話を思うと、ゆっくり食事でもという雰囲気でもない。

「食事は、いい。お腹空いてないから。話だけできれば」

総司からの返答はなく、二人の間に微妙な沈黙が流れる。なにかまずいことでも言っただろうか。運転席をちらちらと窺《うかが》っていると、やがて「分かった」という答えが返った。

「少し走るぞ。静かに話せる場所に行く」

このままどこかに駐車して、車の中で話すのでも――

そう言いかけて、和香は口をつぐむ。車といえどもここは総司の個人的な空間だ。フェアに話すには相応しくないと彼は考えたのかもしれない。

小さく承諾の返事をすると、車は次の信号を曲がり、片側三車線の幹線道路に出た。そのあとは道なりにずっと進む。

それから三十分ほど車を走らせて到着したのは、大きく視界の開けた沿岸部の埠頭《ふとう》にある駐車場だった。コンクリートで固められた埋め立て地に降り立つと、遠目に見える対岸の青白い光の中に煙を吐く無骨な工場のシルエットが浮かび上がっている。すごみのある美しい夜景は平常時に来れば感嘆するものなのかもしれない。だが、今は意識の上を素通りしていくだけだ。

埠頭《ふとう》のへりに設けられた柵の前でくるりと身を翻《ひるがえ》した和香は、「で？」と首を傾げて、自分をここまで連れてきた男の顔を見上げた。

「どうして今さら何度も電話をかけてくるの。そばに置いてくれってどういうこと？」

無意味な世間話をする気はなかったので、率直に尋ねた。

ホテルで一夜を過ごしたときには、総司はいまだ忘れられない恋慕を口にし、不倫関係を求めるようなことを言った。だから和香は、そのあとの電話もずっと復縁が目的なのだと考えていた。

だが、この間言われた「ただそばにいさせてくれるだけでいい」という台詞がどうにも引っかかっている。それは、男女関係を求めるつもりはないとも受け取れる言葉だった。総司がどうしたいのか、きちんと確かめなければならない。そのうえで話をすべきだった。

　先日だって、傘を返すという名目があったとはいえ、店にまでやってきたくらいだ。聞く耳を持たずただ拒絶を続けるだけでは、もう総司を遠ざけておくことはできないだろう。一度対話の場に立って、彼を説得する必要がある。そのために和香は今夜の呼び出しに応じたのだ。

　答えを求めてじっとその顔を見つめると、陸から海へ駆け抜ける強い風が吹きつけて、目の前に立つ男の黒い前髪を揺らした。風がやんだ瞬間、持ち上げられた視線がひたとこちらを見据えて、不覚にも鼓動がどきりと跳ねる。

「……そのままの意味だ。俺をお前のそばに置いてくれればいい。俺が望むのはそれだけだ」

　和香は落ち着かない心臓を持て余したまま眉根を寄せた。

「なによ、それ。意味が分からない。私とやり直したいんじゃなかったの？　総司はいったい私になにを求めてるの？」

　少し考えるような間が空いたあと、端的な一言が返った。

「なにも」

「そんなわけないでしょう」

　だったら、こんなふうに会う必要だってないはずだ。総司も暇ではない。他人と関わることにはそれなりの時間と労力がかかる。限られたそれらをわざわざ割くなら、相応の目的があってしかるべきだ。

「総司は私にどうしてほしいの。総司はなんのために私のそばにいようとするの」

「お前を一人にしないため」

今度は迷いなく返った答えに、心臓を掴まれた心地がした。

途端に胸を刺すのは、いつも心の奥底に重くわだかまる孤独感だ。

恋人も、ともに暮らす家族もいない。もしものときに誰を頼ればいいのかも分からない。

咄嗟《とっさ》に声を詰まらせて、だけど、と自分に言い聞かせるように首を横に振る。

「そんなの、総司に関係ない！」

踏み込まれるのを恐れるように、和香は強い口調で虚勢を張った。

なのに、向き合った彼の目は痛々しいものでも見るかのように歪められる。まるで、お前の気持ちなどすべて分かっているとでも言わんばかりに。

実際そうなのだろう。総司にだけは、分かってしまうのだろう。和香の孤独が。

総司だけが、和香の寂しさに気づいてくれたのだから。

『どうして……ひとりなんだ……』

彼自身が苦痛を覚えているかのような表情が、数日前の姿と重なる。

あのときの問いは、こういう意味だったのか。――気づきたくなかった。

だって、総司だけは、頼れない。頼ってはいけない。

再び強く吹きつけた風にまぎれて、低く掠《かす》れた呟きが漏れ聞こえた。

「……ぁわせに……てると……たのに……」

「なに……？」

思わず聞き返すと、切実な瞳が真っ直ぐに和香を射貫いた。

「お前は……俺以外のやつと……とっくに、幸せになってると、思ってた。なのに――

五年も経ったのに、なんでまだ、そんな……寂しそうなんだ……」

和香は目を見開き、身体を強ばらせた。逃れるように下を向く。

「そんな……こと、言われたって……」

ようやく出せた声は、もはや動揺を隠しきれないほどに震えていた。

本当は、誰かに気づいてほしかった。この心細さに。

安心して自分を委《ゆだ》ねられる誰か。その相手をいつだって和香は切望していた。

ひとりでに涙腺が熱を持ち、意に反して涙があふれる。大粒のしずくがぼたぼたと地面に落ちていった。

それを目にしたら、こらえ続けてきた感情が一気に噴き出すのを止められなかった。

「――しかたないじゃないっ。そんな人、いなかったんだもの……！」

叫ぶように言って、人生で最も愛した男の顔を睨みつけた。

和香の交友関係は、決して広くない。積極的なほうでもない。おまけに整いすぎた容姿と冷めた表情が近寄りがたい空気を作ってしまう。好意をいだけるような異性と親しくなる機会など、そうあるはずがないのだ。

そしてなにより——総司のことを、忘れられなかった。

総司しか、いなかったのだ。和香の人生には。

和香の人生に寄り添おうとしてくれた人は。

唇を噛みしめ、涙を必死にこらえようとする。でも、叶わない。

ああ、いやだ。こんなことを言わせないでほしい。自分は結婚しているくせに。

とてもみじめで、恨めしかった。こんな感情はとてもとても醜《みにく》い。

右手で涙を拭い、左手でスカートを握りしめ、ただ嗚咽《おえつ》を呑み込み震えていることしかできなかった。

だから、大きな手に唐突に左手をすくい上げられて、胸が締めつけられるような痛みを覚えた。

——温かい。

直接触れる他人の体温というものは、どうしてこんなにも心を優しく包み込んでしまうのだろう。

「だったら、そばに置いてくれ」

はっと顔を上げた瞬間、力強い両腕に抱き込まれた。

「俺はこんな未来を望んで、お前を手放したわけじゃない！　そばにいさせてくれ……頼む」

耳朶《じだ》を打つのは、痛々しいほどの懇願だ。心が揺らぎそうになる。

だが、和香はそれを受け入れるわけにいかなかった。

「あの別れは、お互い納得のうえだったでしょう」

別れてから、何度も何度もそこに至る過程を思い返した。そのたびに、別れる以外の選択肢はなかったのだと打ちのめされた。

たくさん抗《あらが》った。でもダメだった。

たくさん傷ついた。たくさん泣いた。

頑張った分だけ、自分の無力さを思い知った。

唯一の救いは、あの雨の日、二人の恋を美しい形で終わらせられたということだ。

無様にすがりつくこともなく、醜悪に愛の形を歪めることもなく、二人の恋は最後の一瞬まで一点の曇《くも》りもなく綺麗なままだった。

だから、それでいい。それでいい、と思うことにした。

あの恋に、こんな続きはいらない。

そう、心から思っているのに――

「俺は納得できない。最初から、納得なんかしていなかった」

今さら前提を覆《くつがえ》されて、和香は混乱してしまう。

「なにを、言ってるの……？　あのときはそもそも、総司から別れようって言ったんじゃない」

今でも鮮明に思い出せる。

静かな雨の日、BGMのかかっていないカフェで総司が別れようと言った。和香が頷いた。二人で決めたことだ。互いの口から躊躇《ためら》いの言葉は一切出なくて、抗《あらが》う気力はどちらにも残されていないのだと諦念《ていねん》の中で悟った。

だからこそ、美しく終われた。

どちらかがどちらかを引き止めようとしたなら、もっと醜《みにく》い別れになったはずだった。

お互いに納得のうえの別れだったことだけが和香にとって慰《なぐさ》めだった。

なのに、今目の前にいる彼は、苦しそうな顔で、すがるような目でそれを否定する。

ふと、最後の別れの瞬間が脳裏をよぎった。涙でぼやけた視界の中で、向かいに座っていた総司がどんな表情をしていたのか、和香は知らない。

「和香」

名前を呼ばれ、はっと我に返る。彼の唇が動いて、続きの言葉を紡ごうとする。

——言わないで。

反射的に心の中にひらめいた祈りが叶えられるはずもなく、総司は知りたくなかった真実を口にしてしまう。

「あのとき別れを切り出したのは――お前のためだ。俺は、お前を手放したくなかった。もっとあがきたかった。だが……お前が限界なのも、分かっていた。お前を守る方法がほかになかった」

彼の額《ひたい》がうなだれるようにして肩に押しつけられる。和香はただ呆然とそれを受け止めることしかできなかった。

静かな最後だと思っていた。綺麗な思い出だと思っていた。だが、そう思っていたのは自分だけだった。

先ほど告げられた言葉が耳によみがえる。

『幸せになってると、思ってた』

『俺はこんな未来を望んで、お前を手放したわけじゃない』

手放したくなかった、あがきたかった――

でも、総司がそうしなかったのは、和香の幸せを一番に願ってくれたからだ。

つなぎとめようとするかのように、背中に回った手に力がこもる。拒むべきだ。分かっているのに、どうしても身体が動かない。

「やり直してくれ、とまでは言わない。それでも、好きなんだ、和香。俺を、そばに置いてくれ。お前を一人にしたくない」

低く絞り出すような声で、でも確かな熱量を持って耳元で囁《ささや》かれる言葉。胸が熱くなる。

彼が好意を口にするなら、拒絶すべきだ。その想いに応えてはいけない。

でも、本当にこのまま突き放していいのだろうか。

五年間も別の女性と結婚生活を送ってきたはずなのに、今でも総司は和香のことを引きずっている。それはどれほどつらいことなのだろう。情に厚い彼が、そんなことをして無感情でいられるわけがないのに。

総司を苦しめたまま、自分だけが綺麗な想いに浸って、終わらせて、それはとても残酷なことのように思えた。

線を引かなければならない。分かっている。でも。

強く抱きしめられたまま、和香はゆっくりと首を動かした。縦に。それは同意を意味する。

抱き合った体勢では、その動きが総司の視界に映ることはなかっただろう。それでも触れ合った場所から伝わる感触で意図は理解できたらしい。

想いを込めるようにひときわ優しく抱擁されて、胸がぎゅっとする。罪悪感からなのか、愛情からなのか、自分でも分からない。

けれど、抱擁を解いた総司が薬指から指輪を引き抜こうとするのを目にしたら、自分の中にある罪の意識を自覚しないわけにはいかなかった。

「指輪は外さないで」

強い口調ではっきりと、それだけは口にした。

その指輪は、証だ。自分たちが失った恋の。そこから目を逸《そ》らしてはいけない。

総司の瞳に傷ついたような色がかすかに浮かぶ。

そのことに鋭い胸の痛みを覚えながら、和香は自分の中に残った理性の最後のひと欠片《かけら》に必死にしがみついていた。

埠頭《ふとう》から総司に車で送ってもらった和香は、自宅のドアの前でお礼を口にした。

「送ってくれてありがとう。おやすみ」

涙で流れてしまっているであろうメイクを恥ずかしく思いつつ見上げると、彼は想像以上に温かな瞳でこちらを見つめていた。そのことに落ち着かない気持ちにさせられる。

「おやすみ。しっかり寝ろよ。あと、食事は抜くな」

そう言って総司は和香の頭にぽんと手を乗せた。

どうして食事の心配なんか……と考えて、食べる気分になれないからと夕食を抜いたことを思い出す。その場ではなにも言わなかったくせに、しっかりと覚えていたようだ。

去っていく後ろ姿を見送りながら、彼のぬくもりがかすかに残る頭に手を触れる。

日々の食生活を誰かに心配されるなど、久しくなかったことだ。身近に家族が暮らしていたなら、きっととるに足らないくらいなにげない言葉と仕草。

だが、今の和香にとってはなによりも得がたいものだった。

帰りの車の中で、総司に言われたことを思い出す。

『つらいときは俺を呼べ。電話でもいい。愚痴でもなんでも聞いてやる。黙ってそばにいろって言うなら、そうする』

彼は切実に訴えるようにそう言った。

『結婚している男性をそんな都合よく利用できるはずない』

『俺がそうしろと言っているんだ。すべての責任は俺にある。和香が罪悪感をいだく必要はない。……頼むから、一人で我慢するのはやめてくれ』

そんなのは、詭弁《きべん》だ。理解していながら反論できなかったのは、彼が心の底から自分を案じてくれているのが分かったからだ。

『……分かった。つらいときはあなたを呼ぶ。一人で我慢しない。それでいいんでしょう』

『ああ』

身勝手に振り回すことを宣言したようなものなのに、総司は安堵《あんど》した様子で表情を綻《ほころ》ばせた。

その顔を目の当たりにすると、愛おしさなのか切なさなのか区別できない感情で胸が苦しくなった。

――結婚しているくせに、こんなふうに優しくするのは、ずるい。

帰宅して、自分だけの空間に身を置いた途端、和香は力なくローテーブルの前に座り込んだ。

総司とこれからも会うことに同意してしまった。彼は既婚者なのに。

男女の仲にならなければ問題ないなんて開き直ることはできない。やり直す意思はなくとも、総司はいまだ消えない想いを明確に口にしたし、指輪を外そうとした。それだけで後ろめたさを感じるには十分だった。

これは、彼の後悔を埋め合わせるための行為なのだろうか。

和香を手放し、孤独にさせていることへの償《つぐな》いなのだろうか。

『今さら宗像さんと会うことに、なんの意味があるの？』

不実な選択を責め立てるように、記憶の中から声が聞こえた。

総司がショップにやってきた日。彼を帰らせたあとで、なにがあったかを聞いた有紗がそう口にした。総司と会えば和香がほだされてしまうことを彼女は予感していたのかもしれない。

『……分からない。でも、これ以上総司を無視することはできない。一度きちんと話をする必要があると思うの』

有紗は理解できないと言いたげに顔をしかめ、考え直すようにと和香を諭《さと》した。それでも親友が折れないと悟ると『それが和香の選択なら』と大人の対応で引いた。だが、到底納得はしていない様子だった。

――意味なんて、今は考えたくない。

それが正直な気持ちだった。

和香はもう、総司の手を振り払えない。過去の恋愛に囚われたままの彼を冷たく切り捨てられるほど薄情にはなれない。愛しく思う気持ちを忘れられないのは和香も同じだ。

それに――差し出されるぬくもりを、どうしても拒むことができないのだ。

悔しいくらいに、総司は和香がなにを欲しているかをよく理解していた。

イギリスでずっと暮らしている家族と、そこに馴染《なじ》めず一人日本に帰ってきた自分。

不仲なわけでも、弟妹が贔屓《ひいき》されているわけでもないのに、家族の中で自分だけがうまくやれずに輪から放り出されたことが疎外感となって、今でも胸に巣くっている。

彼らとの間を隔てる物理的な距離がさらにそれを強めていた。

自分になにかあったとき、イギリスにいる家族はすぐに駆けつけられない。移動するだけでも大変な距離だから、容易に呼びつけるわけにもいかない。時差を思えば、電話の時間にすら気を遣う。

本当は、結婚なんてどうでもいいのだ。

和香の望みはずっと一つだけ。

ただそばに寄り添い、慈しみ合える相手がほしい。

それだけだった。


平日の昼下がりは、うだるように暑く、アスファルトからかげろうが立ち上《のぼ》っていた。

コンビニから自分たちの店に戻り、休憩室に入った和香は、冷房で心地よく冷やされた部屋の空気にふっと息をついた。

ぐずつく天気が続いた梅雨も終わり、季節は夏の盛りを迎えていた。朝から気温はぐんぐんと上がり、少し外を歩いただけで首筋に汗が伝うほどだ。有紗と交代で昼休憩をもらう直前まで接客をしていたが、外からやってきたお客さんもこの暑さには参っているようだった。

購入してきた昼食をレジ袋ごとテーブルに置いたところで、ポケットに振動を感じ取る。取り出したスマートフォンに届いていたのは総司からのメッセージだ。椅子に腰を落ち着けつつ内容を目で追った和香は、知らず唇に笑みを浮かべた。

画面に表示されているのは、雲一つない青空の写真だ。それと、『暑いな』という簡潔すぎるコメント。普段は用事がない限り連絡なんて寄越さないタイプのくせに、無難な話題を頑張って探してくれたのだろうと窺《うかが》えて、なんだか可愛く思えてしまう。

埠頭《ふとう》で話したあの日から数週間、毎日こんなふうになにげないメッセージが届いていた。

和香はそれに短く相槌《あいづち》を打つだけだったり、少し長く返信してみたり、その時々の気分で反応を返している。あまり内容のない会話は気楽なものだ。

こんな無為《むい》な雑談は、本来総司の得意とするところではない。なのに、彼らしくないマメさを発揮しているのは、ひとえに和香のためなのだろう。

少し前までは、不意に孤独が込み上げては不安定に揺れる気持ちを持て余していた。

だが今は、そんな感情をもたらす心の隙間が綺麗に埋められているのを感じる。

たとえば夜。一人でいるときに寂しさや虚《むな》しさが胸に忍び込んできても、メッセージが届けばそちらに気をとられ、他愛ないやりとりを重ねる間に空虚な感覚は消え失せる。そんなことを繰り返しているうちに、いつしか一人ぼっちの時間も平気になっていることに気づく。

なんの意図もなさそうな文面に反して、おそらく彼はメッセージを送るタイミングを慎重に計っている。それが察せられるから、罪悪感をいだきつつも心は温かなものを覚えずにはいられない。

総司がしたのはそれだけではなかった。

彼は和香の休日が水曜日と土曜日の固定だと知ると、土曜日に必ず和香をどこかへ連れ出すようになった。行き先は、水族館や自然豊かな庭園、テーマパークなど、定番のデートスポットが多かった。一方で、恋人だったときによく訪れた美術館や博物館は選択肢から除外されている。なにか思うところがあって避けているのだろうが、あえてその理由を尋ねようとは思わなかった。

二人きりの外出は最初こそぎこちない空気が漂っていたものの、もとは付き合っていた男女だ。交際していた頃の和やかな雰囲気を取り戻すのにさほど時間はかからなかった。

一人ならば決して足を向けなかったであろう場所の数々は、和香の中に新鮮な風を吹き込み、無意識に内に閉じこもっていた感覚を外に開かせていった。世間はちょうど夏休みで、人出が多く賑《にぎ》やかなのも功を奏したのかもしれない。明るい日差しを浴びて人々の活気の中に身を置くと、体内から自《おの》ずと湧き上がる精気を感じた。

それによって実感するのは、自分がこれまでいかに鬱屈《うっくつ》した生活を送っていたかということだ。店の経営を軌道に乗せるまで気が抜けなかったというのもあるが、毎日ショップと家との往復で、帰宅しても自分一人というのでは、気が滅入るのも当たり前だ。

――私には、息抜きが必要だったのね。

そんなことに、総司と過ごすようになって初めて気づかされた。

真っ青な空の写真をしばし眺めていた和香は、簡単に返事を送ったあと昼食を食べはじめた。

テーブルの上に置いたままだったスマートフォンが再び着信を知らせたのは、食事もとうに終えてお茶を飲みつつくつろいでいたときのことだった。総司からの返信かと思ったが、長引くバイブレーションは電話だ。相手は森川だった。

『もしかして、なにかいいことでもあった？　なんだか倉田さんの声が明るい気がする』

まだいくらも声を発しないうちにそんなことを言われ、和香は戸惑った。そんな明らかな変化が自分に生まれていたなんて自覚すらしていなかったからだ。

内心が表に出にくいのは昔からの性分だ。だから油断していたのかもしれない。

いくら他人の機微《きび》にさとい森川だからといって、電話越しですらすぐに分かってしまうくらいなら、よほどはっきりと違うということだろう。

理由など、一つしか考えられない。

だが、それは決しておおっぴらに〝いいこと〟と評していいものではなかった。

しばし空いてしまった沈黙の間を、まるで心当たりを探していたかのように装い、和香は悩ましげに声を漏らす。

「うーん、特になにもないんだけど……そんなに違う？」

『はっきりと言い切れるほどじゃないけど、なんとなく雰囲気が違う、かな。……うん、僕はこっちのほうがいいと思うよ。その様子なら、この間話してた迷惑電話の件も大丈夫そうだね』

「あっ、あれはもう本当に平気。心配かけてごめんね」

背すじにひやりとしたものを感じつつもそう言い切ると、返ってきたのは意外なほど晴れやかな声だった。

『ううん。ならよかった』

返事そのものは簡素な言葉だったけれど、思った以上に心配をかけていたことに気づかされて、後ろめたさに息が詰まりそうになる。

先月は総司が支社長に就任するという出来事もあったから、和香が人知れず厄介事を抱えているのではないかと森川は懸念していたのかもしれない。

その懸念はまさに当たっていたわけだが、一つ異なっていたのは、和香が総司を受け入れたという点だった。

強制されているわけでもないのに、既婚者の元カレと定期的に二人で会っていることを知ったら、森川は軽蔑するだろうか……。

自分は軽蔑されてもしかたないことをしているのだ。

その事実をあらためて突きつけられて、奥歯を噛みしめる。

とはいえ、せっかく明るいと言ってもらえた声を再び陰らせるわけにもいかず、今の和香にできることと言えば、胸に込み上げる苦い思いを気取られぬよう穏やかに会話を続けることだけだった。

森川が電話をかけてきた目的はどうやら、アンティークフェアの進捗報告にあったらしい。企画の準備が順調に進んでいることを聞き、和香はホッと胸を撫で下ろす。矢野も自身の役割をきちんと果たしてくれているようだ。

矢野はあれ以来、接触を図ってくる様子はない。彼は己の労力を無駄に費やすことをいかにも嫌いそうだから、興味を失った人間に見切りをつけるのも早いのだろう。

内心でそう結論づけ、電話の向こうに耳を傾けていると、企画についての報告を終えた森川がなにかを思い出したように『あ』と声を上げた。

『もう一つ確認したいことがあったんだった。倉田さん、来月十七日の夜って空いてる？　金曜日なんだけど』

「十七日？　お店の仕事が終わったあとなら空いてると思う。その日だけ早く上がれるように調整してもらうこともできるけど」

『じゃあさ、支社で行われる会社の創立記念パーティーに来ない？　倉田さんも元社員だから知ってると思うけど、このパーティーはお世話になってる取引先を労《ねぎら》うのが主な目的だから、企画でお世話になった倉田さんも呼べるんだ。昔、倉田さんが親しくしていた同期や同僚も数人だけど支社にいるんだよ。久しぶりに顔を合わせない？』

懐かしい顔ぶれに会えると聞き、和香は心が惹かれるのを感じた。

だけど……と相手から見えないのをいいことに首を傾げる。森川がそんな提案をしてくるのはどういうわけだろう。彼は和香と総司を接触させることを避けたがっていたから、総司が赴任してきた以上、支社に関わる場にはもう呼ばれないと思っていた。

だが、来月の十七日という日付を思い浮かべて、その疑問はすぐに氷解する。そのあたりは東京への出張で一週間ほど不在にすると、前回会ったときに総司が話していた。おそらく本社のパーティーに出席するのだろう。それを確認したうえでのこの誘いなのだ。

その細《こま》やかな気遣いに再び込み上げた複雑な感情には蓋《ふた》をして、和香は一つだけ尋ねた。

「それって、矢野さんも来る……？」

『僕は誘ったんだけど、遠慮するってさ。パーティーの出席者は取引先の企業の人間が多いから、自営業の自分は場違いだろうって。まあしかたないよね』

矢野が出席しないのは単純にそのメリットをあまり感じなかっただけのように思えたが、それをあえて指摘するようなことはしない。

「私は、行こうかな。昔の同僚たちにも会いたいし」

端的に自分のことのみを伝えると、森川の明るい声が電話口から響いた。

『よかった！　きっと同僚たちも喜ぶよ。会いたいってみんな言ってるんだ。じゃあ招待状を送るね。あと、企画の関係で倉田さんが興味ありそうな展覧会のチケットも手に入ったから同封しておくよ』

「ありがとう」

『じゃあ、パーティーで会える日を楽しみにしてるね』

「うん」

通話を終えた和香は、スマートフォンの時計で昼休憩が終わりかけていることに気づき、急いで身だしなみを整えて店に出た。

店頭では有紗がカップルと思《おぼ》しき男女を相手に接客中だ。

しばらくカウンターに立ってそれとなく様子を窺《うかが》っていると、購入する商品が決まったのか、レジのほうへやってきた有紗が品物をカウンターの上に置いた。

二人分のカップとソーサーが組になったティーセットと、大ぶりのディナープレート。レジの前にいた和香は金額を入力し、支払い金額を客に伝える。その間に有紗はそれぞれの商品を手早く緩衝材に包んで紙袋に入れている。一緒に店を営んでもう五年になるので、こういった連携はお手のものだ。

会計を済ませた客に有紗が笑顔で商品を手渡して、店を出ていく彼らを見送る。ドアが閉まったのを確かめた二人は同時に肩の力を抜いた。

「今のお客さんが買っていったのって、一番高いティーセット？」

和香が尋ねると、有紗は接客中に移動させた商品をもとの位置に戻しながら頷いた。

「新婚さんで、来客用にいいものをそろえておきたいんだって。旦那さんは実業家で、お金には糸目をつけないからとにかく奥さんが気に入ったものにしたいって、愛妻家だよね。奥さんは家庭的な人で食器にはこだわりがあるみたいだから、いつもは店頭に出していない商品まで並べちゃった」

どうやらずいぶんと商品棚を散らかしてしまったらしく、彼女は苦笑する。

「お客さんが気に入るものが見つかったならよかったよ。リモージュのあのティーセット、私も好き。大切に使ってくれたらいいなあ」

「そうねえ」

隣に並んで片付けを手伝いながら、和香は親友の表情をさりげなく観察する。

こうして交わす雑談は、普段とほとんど変わりがない。総司と関わることに有紗は反対していたが、その不満を日頃の態度にまで出すほど子供ではない。

だが――内心では、和香に呆れているのかもしれない。

電話を通した会話ですらその違いに気づかれるくらいだ。本人の知らぬ間に変わっていたのは、おそらく声だけではないだろう。

表情、仕草、発言、反応。

ほとんど毎日顔を合わせている有紗なら、森川以上にその変化を鋭く感じ取っていてもおかしくはない。

二人の間で総司の話題は暗黙のうちに禁句になっている。和香が総司と毎週会っていることも、頻繁に連絡を取りあっていることも、有紗は知らない。だが、目に見えて明るくなった親友の変化の要因を彼と結びつけるのはさほど難しいことではないはずだ。もしかしたら、人の道を踏み外して不埒《ふらち》な関係に溺《おぼ》れているとまで想像されているかもしれない。

──違う、総司とはそんな関係じゃない。

不倫しているわけではないとだけは伝えておきたくて口を開こうとするものの、そんなふうに否定したところで意味はないとすぐに悟る。

ただそばにいさせてくれるだけでいい。その言葉どおり、総司が和香に親密な触れ合いを求めることは一切なかった。キスやセックスどころか、手を触れることすらなく、肉体的な接触において言えば二人はこのうえなく健全な関係を築いている。

それでも、それだけが二人の間のすべてでないことは、この胸の後ろめたさがなによりも証明している。だけど、でも……と頭に浮かぶ言葉の数々は、聞き苦しい言い訳でしかない。

総司の薬指から外されることのない指輪だけが頼りだった。

そのリングに目をやれば、いやでも彼の妻の存在を意識せざるをえない。そして、自分の立ち位置を冷静に見つめ直すことができる。

まだ、大丈夫だ。

まだ自分は踏みとどまれている。

胸の内で幾度となく繰り返した確認を、和香は祈るような気持ちでまた一度積み重ねた。

浜辺には、まぶしい太陽の光が燦々《さんさん》と照りつけていた。遠い水平線の彼方まで続くのは空の青と海の青だ。波打ち際にサンダル履きの足を踏み出した和香は、風に煽《あお》られそうになるワンピースの裾を押さえて、視界いっぱいに広がる二つのブルーを見渡した。

寄せては返す穏やかな波の音が耳に届く。ときおりウミネコが鳴いている。人の声はほとんど聞こえない。真夏は人で賑《にぎ》わっていたであろうこの砂浜も、数日前に海水浴の期間を終えて、今は人影もまばらだ。

背後から近づく足音に振り返ると、総司が降り注ぐ日差しを手のひさしで遮《さえぎ》りながら空を見上げているところだった。

見られていることに気づいた彼が地上に視線を戻す。そしておかしそうに笑った。

「白いワンピースに日傘って、和香がやると様になりすぎるな」

総司が和香の容姿に言及するなどめったにないことだったので、一瞬言葉に詰まる。

「……綺麗？」

少しからかってみるつもりで聞いた和香は、すぐさま激しく後悔することになった。

「綺麗だよ」

臆面もなく——むしろ柔らかな微笑すら添えて告げられ、こちらのほうがとてつもない羞恥に襲われる。

——そんな歯の浮くような台詞を軽々しく言う性格じゃないくせに。

だが、こうして一緒に外出するようになってからの総司は、和香に対して妙に甘いのだ。それもおそらくは彼の後悔から来る行動なのだろう。請われれば、この程度の褒め言葉を言うくらいお安いご用なのかもしれない。

うまい返しが思いつかないままタイミングを見失った和香は、返事を諦めて海に向き直った。

総司と土曜日をともに過ごすようになってひと月半ほどが経つ。今日二人がやってきたのは県内の海水浴場の一つだった。

行き先を決めたのは和香だ。行きたいところはあるかとめずらしく尋ねられたので、海がいいと答えた。

もちろん、この関係に対する葛藤はいまだ消えてはいない。むしろそれは彼と会う回数が増えるほどに重たく胸にのしかかってくるようだった。

だがきっと、こんな時間は長くは続かない。

次第にそう考えるようになっていた。

総司の和香に対する執着が、不本意に別れることになった過去の遺恨《いこん》に端を発しているのなら、こうしてともに過ごすうちにいずれは彼の気も晴れるはずだ。

そうしたら、今度こそ綺麗に、この恋を終わらせる。

そう心に決めていた。

総司から向けられる好意も、和香が胸に秘める愛情も、行き着く先はない。いくら彼がそばにいることを望んでも、ずっとは叶わない。それは総司が結婚している限り、揺るがぬことだ。そして、やり直そうと言わない彼に、離婚するつもりはない。

なら、彼の心残りが消えた時点でこのつながりは断つべきだろう。

そのときが来たら、黙って別れを受け入れる。

代わりに今この瞬間だけは、与えられる安らぎに身を委《ゆだ》ねることを自分に許した。

人の道に反する行いだとは理解している。だが、総司のそばにいることで、和香の中の根深い孤独が癒《いや》されているのも事実だ。他人には決して言えないような関係でも、自分は救われている。誰かと寄り添い合いたいと渇望していた心が温かい感情で満たされている。

ほんの刹那の安息だと分かっているからこそ、今だけは不安や罪悪感から目をそむけていたかった。

見上げれば、青い空には大きな入道雲が浮かんでいる。暦のうえでは秋になったが、気温はまだまだ夏のそれだ。とはいえ太陽が低くなった分日差しは弱まっているし、風もあるので、耐えがたい猛暑ではない。

海なんてベタすぎるセレクトだったか。だが二人で来るのは初めてだ。いや、海自体が和香は久しぶりだった。中学に入学する前、まだ家族が日本にいた頃に母と弟妹と一緒に遊びに行ったきりだから。

今日着ている白いワンピースは、去年気に入って購入したものの着る機会がなくずっとしまい込んでいたものだった。新品の服をおろしてしまうくらいには、自分は今日という日を楽しみにしていた。

水音をたてながら波の間をゆっくりと歩きだすと、総司がすぐに追いついてきて隣に並ぶ。

「ねえ、総司は前に海に来たのっていつ？」

なにげなく問いかけつつも、おそらく学生時代に友人と行ったとかだろうと和香は見当をつけていた。デートなどで自発的に行くことはなさそうだが、友人に誘われたら断らないだろう。家族とは……行ったことがないかもしれないが。

　というところまで考え、ふと一つの可能性に気づく。家族と行くというのはなにも、子供時代に限る必要はない。なんせ彼は結婚して五年も経っているのだから。

　迂闊《うかつ》な質問を取り消すべきかと和香が頭を悩ませはじめたところで、気楽な声が答えた。

「……大学のときに、サークルで行ったのが最後だな」

「サークル……ってなんの活動してたんだっけ」

　最初の予想が当たっていたことに安堵《あんど》しつつも、ほんのひとときよぎった思考に心臓はばくばくとうるさいままだ。平静を取り繕《つくろ》うのに苦労しつつ会話をつなげると、総司はしれっと返す。

「温泉愛好会」

「えっ……ちょっとなにそれ。もっと真面目な感じのとこじゃなかった？」

　アクティブな総司と、癒《いや》しと和みに活動を全振りしていそうなサークルが結びつかなくて、和香は思わず笑ってしまう。いやな感じにざらついていた気分はあっさりとどこかへ行ってしまった。

　そもそもなんのサークルに所属していたかは以前にも聞いたことがあったはずだ。こんなにインパクトがあったら絶対忘れない自信がある。

「そっちは弁論部な。掛け持ちしてたんだ。海に行ったのは温泉愛好会のほう。温泉の近くに海があったんで、ついでに遊んだ」

「ああ、そういうこと……」

掛け持ちと聞くと途端に、総司っぽいな、と思ってしまう。行動するときと休養するときのオンオフがはっきりしているのは、同じ会社に勤めていたから分かる。やみくもに働き続けるよりも、適度に脳と身体を休めてやったほうが仕事の質も効率も上がるのだと和香に教えたのは彼だ。

「和香は？　最後に海に行ったのはいつ？」

「私は小学生のとき。海ってあんまり来たことがないの。だから連れてきてくれて嬉しい」

にっこりと微笑んで見せると、総司は小さく眉根を寄せた。和香の家の事情を知っているからだ。

「これくらい、大したことじゃないだろ」

総司にとってはそうだろう。今の彼は和香の言葉に真摯《しんし》に耳を傾け、望みを満たそうとしてくれる。だが、そんなふうに自分を慈しんでくれる相手がどれほど貴重か、和香はよく知っていた。

二人はそのままゆっくりと波打ち際を歩いていった。

会話は自然に途切れて互いに無言になる。話をしなくても沈黙は全く重くない。

昔美術館に行ったときもこんな感じだったな、と和香は思い返す。展示されている絵を鑑賞しているときも、二人は絶妙な距離感で静かにその場の空気を共有していた。自然とそうできた。そうできる相手だった。

今も、明るい浜辺を十分満喫したところで、総司はタイミングよく声をかけてくれる。

「日没まではまだ時間があるから近くを軽くドライブでもするか」

「うん」

海に行くなら日没を見たいと言ったのも和香だ。

到着したときにはすでに昼どきを大きく過ぎた時刻だったが、それでも日が暮れるまで泳ぎもせずに海で時間をつぶすのは難しい。

総司はあらかじめ調べてあったのか、海沿いをしばらく車で走ったあと少し高台にある見晴らしのいい道に向かった。上から見下ろす海は、低い視点から眺めるのとはまた違い、一面のコバルトブルーが目に鮮やかに映る。

開放的な風景をゆっくりと堪能した二人は、また坂を下って沿岸の景観をひとしきり楽しんだ。そこで小腹が空いてきたので、ちょうど見つけた喫茶店で休憩がてらスイーツや軽食をおのおの頼む。

それから浜辺に戻った頃には、西の空はすっかり燃え上がるような茜《あかね》色に染まっていた。

和香と総司は砂浜と道路を隔てるコンクリートの上に座り、日没の瞬間を待つことにした。昼間に比べて下がった気温と、遮《さえぎ》るものなく吹き抜ける風のおかげで、暑さはだいぶ和らいでいる。

光り輝く太陽はやがて空と海の境界線にたどり着き、ゆっくりと沈んでいく。ぼんやりとした円光は海の深い青に溶けていくように、徐々にその姿を歪め、小さくしていく。オレンジから赤、藍《あい》、濃紺へと移ろう複雑なグラデーションに空が色づく。昼と夜の狭間にだけ現れるその色はまるで夢のように儚《はかな》く、刹那的で美しい。穏やかな海原も空を映して輝き、夕日を反射した光の道が真っ直ぐ浜に向かって伸びていた。

目の前の光景を見つめながら、和香はどこか懐かしいような感慨を覚えた。

美しいものは、好きだ。自分の中の醜《みにく》く澱《よど》んだものを洗い流してくれる気がするから。

和香にとって苦い思い出となっている三年間のイギリス生活でも、心を癒《いや》してくれたのは彼《か》の地に多く残る歴史的なアートやアンティークだった。それらとの出会いはそこでの暮らしが唯一自分にもたらした恩恵かもしれない。有紗との縁もそこからつながり、デザイナーを志したのもそれがきっかけだった。

なのに、そんな大切な感覚をこの五年間の和香は失くしてしまっていたように思う。

「ありがとう、総司」

気づけば、ひとりでに感謝の言葉が出ていた。

「私、美しいものに素直に心を動かされるっていう感覚を、しばらく忘れていた気がする」

自分の口にした内容を耳で聞き、ああそうか、と己の行動を理解する。

――私は、きちんとお礼を言っておきたかったんだ。再びやってくる別れの前に。

傍《かたわ》らからは、やや戸惑ったような気配が伝わってきた。少しの間を空け、総司は言った。

「和香は、普段から美しいものにたくさん触れているだろう？」

「もちろんお店には、綺麗な商品がたくさんあるよ。けど……お店の経営でずっと必死だったからかな。私自身に、その美しさを心から受け止められる余裕がなかったの。それくらい、余裕がなくなってたんだって、こんなふうに出かけるようになって気づいたの」

隣で総司が息を呑んだのが分かった。だが和香は語るのを止められなかった。

「出店資金は有紗の実家が出しているし、資産家だから、なにかあったら援助だってしてもらえたと思う。本当に独力でやってる経営者に比べたら、ずっと恵まれてる。でも、有紗の実家を、私があてにするわけにはいかないでしょう？」

有紗にとって実家は実家だが、和香にとっては出資者だ。甘えていい対象にはなりえない。自分の生計は自分で立てねばならないし、近くに頼れる身内はいないから、失敗したらあとがない。

独りだということに、ここまで深く心を侵されていたなんて。独りではなくなってようやく気づいた。

「だから、総司がこうして連れ出してくれるようになって……その、私――」

和香はそのとき、振り向こうか、と一瞬迷った。でも、振り向けない、とすぐに悟る。

「――久しぶりに、呼吸ができた……って、言うのかな。強ばっていた気持ちが楽になったの。総司のおかげで」

鼻の奥が、ツンとした気がした。

瞳が潤《うる》みそうになり、まばたきで涙を散らす。

分かっている。彼と過ごすこの時間は、束の間だ。

終わりは、そう遠くない未来にやってくるに違いない。それは夢みたいにあっさりと。

そのときが来たら、きちんと受け入れる。その覚悟はしている。できている、つもりだ。

なのに今、どうして和香は、笑顔を見せることができないのだろう。

「和香、お前は――」

ふと総司が漏らした言葉に、肩が震える。彼がその先になにを言おうとしているのか、聞くのが少し怖いような気がした。でもその本音を知りたいと思う気持ちのほうがずっと強かった。

なのに、総司はしばし躊躇《ちゅうちょ》したあと諦めたように黙り込んでしまう。

――どうして言うのをやめたの？

我慢しきれず振り向いてしまった和香は、すぐにその行動を悔いた。

夕日に照らされた彼の横顔には、激しく葛藤しているかのような苦渋の表情が浮かんでいた。その瞳は依然として海に向けられている。

だから和香は、なにも見なかった素振りで、もとの方向へ視線を戻すことしかできなかった。

空の色は暗く濃度を増していき、やがて周囲は薄暗い闇に閉ざされる。

太陽が水平線の向こうに完全に消えてしまうと、総司は無言で立ち上がり、砂浜のほうへ下りていった。和香もなんとなくそれについていく。だが、今しがた目にした彼の表情が頭から消えなくて、声をかけることははばかられた。

すると、少し離れたところから子供のはしゃぐ声が聞こえてくる。視線を向けると、浜辺で遊んだ帰りなのか、小さな男の子を連れた若い夫婦が駐車場へ歩いていくところだった。

仲のよさそうな家族の団欒《だんらん》を目にして、背すじをひやりと冷たいものが駆け下りる。昼間にも頭をよぎったその可能性が、今度は確かな現実感を伴って和香の胸を貫いた。

たとえ今はただの想像に過ぎなくとも、いつかはきっと総司も別の女性と子をなして家庭を築く。あんなふうに幸せな家庭を。

心が、とても痛かった。自分は傷ついている。その事実にこそ和香はショックを受けた。

分かっていたはずだ。しかたがないことだと受け止めていたはずだ。なのに――自分はまだ、総司と家族になりたいなんて、馬鹿な夢を捨てきれずにいたのか。

「どうかしたのか？」

こちらの異変を鋭く察して総司が引き返してくる。

なんでもない。そう返すべきなのに、強ばったように口が動かなかった。和香は呆然とその顔を見つめ返すことしかできない。

彼の表情からはすでに先ほどの苦悩は消え去り、そこに浮かぶのはただただ心配の色だけだ。

そのとき、ぽつりと一つ、頬に水滴が落ちた。それは立て続けに、ぽつり、ぽつり、と落ちてくる。

頭上を仰ぐと、あれほど美しい夕焼けに染まっていた空には、いつの間にか真っ黒な分厚い雲が広がっていた。

天から降るそのしずくは瞬く間に勢いを強め、本降りの雨となった。日傘は車に置いてきてしまったので、二人の手に雨をしのげるものはない。

「こっちだ」

総司が和香の手を引いて駆け出した。向かった先は、今の季節は営業していない海の家の軒下だ。

だが、そこへたどり着いたときにはもうバケツをひっくり返したような土砂降りになっており、二人の服は裾から水が滴るほどにぐっしょりと濡れていた。

「ゲリラ豪雨か？　いきなり降ってきたな……寒くはないか？」

狭い軒下で身を寄せ合おうと、総司はワンピースの袖から覗く二の腕に手をかけ、引き寄せようとする。それはただ目の前の女性を濡らさないがための行動なのだろうが、今の和香にとっては毒だった。

自分をすっぽりと包み込んでしまえる大きな身体にすがりつき、小声でただ「平気」とだけ答える。

総司の体温をこのうえなく近くに感じた。激しい雨に隔絶された空間にいるのはお互いだけで、濡れてぴったりと肌に貼りついた衣服からは普段よりも濃密に彼の存在が匂い立つ。その生々しさにくらくらした。

だから和香は、突きつけられるように悟った。

――大丈夫、なんかじゃない。私は全然踏みとどまれてなんかいない。

総司がほしい。ほかの女性のものになんてならないでほしい。そばにいて。置いていかないで。

箍《たが》が外れたように、五年前に捨て去ったはずの願望が一気にあふれ出す。

――約束したのに。

そのとき、ふと顔を上げた和香の視界が海沿いに並ぶ一軒の建物を捉えた。日が落ちてライトの点灯した看板は一見普通のホテルのそれだ。だが、ドライブでそばを通ったときにはっきりとその料金表を目にしたから、なにを目的にした宿泊施設なのかは把握していた。

直後、とても無邪気な提案が口をつく。

「あそこで服を乾かそう？」

示された先を確認した総司が躊躇《ためら》うようにわずかに眉をひそめた。だから和香はさらに付け加える。

「こんなに濡れたままじゃ、雨がやんでも車には乗れないでしょう？」

服を乾かして、雨がやむまで休む。それだけだと言いたげな口調は建前に過ぎない。本心を見抜かれているかどうかは判断がつかなかったが、どちらにしろ彼はきっとこの提案を無下にはできないだろう。

その推測は外れることなく、総司は間を置かず同意の言葉を口にした。こちらの真意を計りかねているらしい戸惑いの表情を目にしても、和香は素知らぬ振りで首を傾げて見せた。

回想Ⅲ『そばにいて』

救急搬送の知らせを受けたあと、和香が病院に駆けつける前に祖母は息を引き取った。

その連絡を総司が運転する車の中で聞いた。

なにが起きたのか、すぐには現実を受け入れられなかった。涙を流すことすらできず、ただ呆然とスマートフォンを握りしめていた。

兄から車を借りてきた総司は、頭の中が真っ白になっていた和香のもとにすぐにやってきて、必要な準備を済ませ、病院に向かってくれた。

だが、間に合わなかった。

そのまま病院まで送り届けてもらい、イギリスから帰国する家族の到着を待って、葬式などを手配した。

和香が一人のうちは総司がずっとそばに寄り添ってくれていたが、家族が姿を現すと、彼は短いメッセージだけをスマートフォンに残し、いつの間にか消えていた。

おそらく気を遣ってくれたのだろう。そのときの和香は、祖母の死に打ちひしがれて、とても恋人を家族に紹介できるような精神状態ではなかったから。

一人の人間がこの世を去ったというのに、もろもろの手続きは呆気ないほど淡々と進められた。

背後で電車が発車するけたたましい音がする。

祖母の葬式を終えて東京に戻った和香は、自宅の最寄り駅で電車を降り、アパートへの帰り道に足を踏み出した。

日曜日の朝からこの数日間の出来事は、まるで別世界で起きたことのようだった。確かに現実のものだと頭では理解しているのに、心がついていかない。明日からはまた日常に戻らなければならないというのに、まだ夢の中にいるようなぼんやりとした感覚が続いていた。

なにを見ても、聞いても、感情というものが動かない。駅の周りの景色も、道行く人々のざわめきも、さらさらと頭の中を素通りしていく。

就職を機に引っ越してきたこの街は、住みはじめてまだほんの数ヶ月で、自分はよそ者という意識がいまだ拭えずにいた。だからこういうとき、ひどくよそよそしく感じられる。

自分は、故郷と呼べる場所を失ってしまったのだ。

ふとそんなことを思った。

両親が海外暮らしの和香にとって、実家と言われて思い浮かべるのは、高校時代を過ごした祖父母の家だ。都内の大学に通うため、高校を卒業したあとは一人暮らしを始めたが、それでも長期休暇と年末年始には必ず顔を出すようにしていた。

だが、大学在学中に祖父が亡くなり、一人で家を守っていた祖母ももういない。

今回のことで久しぶりに家族と顔を合わせたが、父と弟妹は仕事と学校があるのですでに日本を発《た》っている。母だけは祖母の家に残って形見の整理をしているが、もろもろの片付けが済んだら、祖母の所有していた家も土地も手放すということで家族の中では話がついていた。

私の帰る場所は、もうすぐなくなってしまう……

どこにいても、なにをしていても、自分という存在と深く結びついた場所。祖父母と暮らした家は、そんな愛着のある場所だった。失うと決まって初めて、それにどれだけ支えられていたかに気づく。

血のつながった家族は海外で、国内の親戚とはほとんど交流がない。自分はこの一億二千万もの人間が暮らす国で身寄りなく生きていかなければならないのだ。それは、まだ社会に出て一年にも満たない和香にとって、途方もなく心細いことのように思えた。

誰もいないアパートに帰宅して、ポストに溜まっていた郵便物を机の上に置く。夕食の準備をしなければならない。その前に、家を空けている間に傷んでしまった食材を処分しなければ。

すべきことを考えるだけで億劫《おっくう》な気持ちが込み上げ、和香は部屋の真ん中に座り込む。

そのとき、呼び鈴の音が静かな室内に響き渡った。

来客の予定はなかったはずなのに。

首を傾げつつ玄関のドアを開けると、そこに立っていたのは総司だった。

「え……どうして……？」

「ああ、やっぱりもう帰ってたか。もう少し早く来るべきだったな」

彼が現れた理由が分からず、和香は怪訝《けげん》な眼差しを向ける。総司はそれを受け止めて朗《ほが》らかに微笑んだ。

「今日帰るっていうから、出迎えようと思ったんだよ。間に合わなかったけどな。でも一応、おかえり」

おかえり。

その言葉が温かく鼓膜を震わせた瞬間、ぽろり、と頬を涙が滑り落ちた。濡れた目元を慌てて指で拭う。

「ごめん、私、泣くつもり……っ」

「ああ、分かってるよ。つらかったな」

総司が頭を撫でて慰《なぐさ》めようとするので、和香は急いで首を横に振った。

「ち、ちが……っ。この涙はそういうのじゃないの」

優しい手を振り払い、彼を玄関の外に押し出そうとした。わけが分からないという顔をした総司と目を合わせていられなくて俯《うつむ》く。

「ごめんなさい……帰って」

「なんで」

「今は、一人にしてほしい」

「理由は？」

「……」

ドアにがっちりと手をかけた彼は、納得のいく答えを聞けるまでその場から動く気はなさそうだった。和香はドアノブを掴んだまま歯噛みする。

しばらく無言の応酬を続けたあと、根負けしたのはこちらだった。

「……ぇちゃうから……」

「なんだって？」

「今、総司がそばにいたら……甘えちゃうから……！」

やけくそで言い放ったのに、返ってきたのは拍子抜けするほど能天気な声だった。

「そんなの、甘えればいいだろ。恋人なんだから」

総司はまるでなんでもないことのようにそう言う。

だが、それに頷くわけにはいかない。

和香は力なく片手で顔を覆って「ダメだよ。ダメ……」と呟いた。

今自分が求めているのは、一時的なぬくもりなどではない。ずっとそばにいて自分の帰る場所になってくれる、そんな存在を欲しているのだ。交際を始めて二ヶ月ほどにしかならない総司にそこまで求めることはできなかった。

ここで泣いて、同情を引くのはずるい。

なのに、彼は無理やり部屋に押し入ってきて和香を抱きしめた。

「ダメだよ……私、重いよ……きっと総司にすごく寄りかかっちゃう」

和香は泣きながら拒んだ。

ここで総司に甘えて、あとから面倒になって捨てられるのも、愛情が冷めているのに彼の優しさを利用し続けることになるのも、どちらもいやだった。

けれど、彼は力強く断言する。

「んなこと、とっくに知ってる。分かってて彼氏になったんだ。全力で寄りかかれよ。お前一人くらい支えてやる」

揺るぎない口調は、その言葉がその場しのぎの慰《なぐさ》めなどではないことを明確に伝えていた。

だからつい、確かめるように聞いてしまう。

「本当に……？　今だけじゃダメなんだよ？　ずっと、そばにいてくれる？」

「お前が望むなら。約束する」

そう告げられた瞬間、涙腺が完全に崩壊した。

総司の背後でドアが音をたてて閉まり、部屋の中で二人きりになると、和香は声を震わせて泣いた。祖母が亡くなってから初めて流した涙だった。

ずっと泣けなかった。

あまりにもショックが大きくて。

この喪失感を誰と共有すればいいのか分からなくて。

自分が一人ぼっちだと思い知るのが怖くて。

泣きじゃくる背中をとんとんとあやされて、ひくっと喉が鳴る。総司の身体は大きくて温かくて、包み込まれると、凍《こご》えていた心が満たされていくのを感じた。

自分は独りじゃない。受け止めてくれる人がいる。

そう心から実感することができた。

みっともなく泣き続け、ようやく嗚咽《おえつ》が収まってきた頃、和香は涙交じりの声で尋ねた。

「分かってたっていうのは、どうして……？」

自分の胸に深く根を張る疎外感について総司にきちんと話したことはない。

だが彼はさらりと答える。

「前に、なんでうちの会社を選んだのかって聞いただろう？　あのとき、家族のことを話しにくそうにしてたから、きっとなにかわだかまりがあるんだろうな、とは思ってた」

たったあれだけの会話で……？

和香が驚くと、総司は苦笑した。

「俺も、親にはかなり放置されてたから、共感したんだよ。うちは跡取りの兄貴ばかりが大事にされて、親族からしたら俺や妹なんかおまけなんだ。だから、お前の話を聞いたら、なんとなく放っておけなかった」

彼はそれを軽く告げたけれど、きっとその向こう側には人知れず呑み込んできた感情がたくさんあるのだろう。それがどのようなものかなんて、一般家庭で育った自分には想像もつかない。

だから和香は、黙って総司を抱きしめた。

家族の話題なんて雑談の中で少し触れただけだったのに、あんななにげない会話から彼はずっと自分を気にかけてくれていたのだ。

その思いやりの深さに胸が熱くなる。それと同時に、自分も彼に同じものをあげたいと思った。

きっと私たちは寄り添い合える。

この人と生涯をともに歩んでいけたらいいのに。

そう本気で願いはじめたのはこのときだった。

第四章　交わる熱

海沿いという立地だからか、乾燥機は客室に備えつけられていた。一応ラブホテルではあるが、選んだ部屋は浴室がゆったりと広い以外は普通のホテルとあまり変わりがなさそうだった。

総司によって脱衣所に押し込められた和香は、そこで脱いだ服を乾燥機に入れる。そのまま風呂で身体を温めるように言われていたが、指示を無視して裸のまま脱衣所とベッドルームを隔てるドアを開けた。

濡れた衣服からバスローブに着替えていた総司が、物音に振り返って即座に顔をそむける。

「な……っ！　お前、なにして……！」

和香は平然と答えた。

「忘れ物をしたの」

「なにを忘れたんだ。バッグを渡せばいいのか？」

目を逸《そ》らして尋ねてくる彼を眺めながら、和香はゆるい微笑みを浮かべ、「ううん」と首を横に振る。

「忘れ物は、総司、あなた」

総司が一瞬にして真顔になった。

「……ふざけるのはよせ」

「ふざけてなんかない。一緒に入ろう？」

歩み寄ってその腕を掴むと、さすがによそを向いているわけにもいかなくなったのか、彼がしぶしぶといった様子でこちらと目を合わせた。

首から下は見ないようにしている。そんな紳士的な振る舞いが好ましい。好ましくて、めちゃくちゃにしたくなる。

和香が腕を引っ張り、脱衣所に連れ込もうとすると、総司は抵抗した。

「待てって！　急にどうした？　またヤケになってるのか？　なにかあったなら話を聞いてやるから、こんなことは――」

「話なんて必要ない」

端的にその言葉を遮《さえぎ》った。

「私はただ、あなたに触れたいだけなの」

真実、和香を突き動かすのはその思いだけだった。

二人を取り巻く現実すらどうでもいい。

ただ確かめたかった。

自分は愛し愛されているのだと。二人で過ごした時間は消えていないのだと。

たとえ虚《むな》しい思い込みであっても、今だけは、そう信じていたかった。

――ねえ、総司。あなたは私のものでしょう？

「それとも……もう、私のことなんて、好きじゃない？」

　この中途半端な関係には、総司の未練を取り除く意味もあったのだ。このひと月半のうちに彼の想いに区切りがついている可能性だってゼロではない。

　不安に瞳を潤《うる》ませる和香の前で、総司は目元を赤らめ、再び目を逸《そ》らした。

「そんなこと、あるわけないだろ……でも、俺は——」

　否定の言葉を紡ごうとした唇を、和香は自身のそれで塞いだ。

　首に腕を回してしっかりと彼を捕らえ、その耳に誘惑するような声音を流し込む。

「なら、いいでしょう？　お願い、一人にしないで」

　バスローブの内側に手を差し込み、厚い胸板につと指を這わせる。凛々《りり》しい眉の間に深いしわが刻まれた。絞り出すような声が問いかける。

「俺で、いいのか……？」

　どうして今さらそんな疑問が出てくるのか、理解できなかった。自分には総司しかいないのに。

「総司じゃないとダメなの」

　彼が大きく目を見開き、次の瞬間、和香は噛みつくような口づけを受けていた。激しく口内をねぶる舌の動きは暴力的ですらあり、呼吸もままならず弱々しい声を上げると、はっとしたように解放される。

「すぐ行くから、先にシャワー浴びてろ。そんな格好じゃ風邪ひくだろ」

口の周りの唾液を指で拭いながら、総司が低い声で促した。

和香が素直に浴室で待っていると、彼は自分の衣服を乾燥機に入れてスイッチを押したあとすぐにやってきた。

互いの理性が残っていたのはそこまでだった。

シャワーの温かい水が全裸の二人に降りかかる。その中で熱い口づけに没頭する。

あんなに躊躇《ためら》っていたのに、行為を始めてみれば、総司は飢えた獣のように和香を求めた。浴室の壁に押しつけられて、唇を貪《むさぼ》られる。彼がこんなふうに荒々しいキスをするところを見たことがない。

「っふ……ぁ、は……ぁン……」

限界まで引き出された舌を音をたてて吸われる。顎《あご》を手で掴まれていて、呼吸が苦しくなっても顔をそむけることができない。

もう片方の手では腰のラインを確かめるように撫で回されて、和香は首筋にすがりつく腕に力を込めた。シャワーの音の合間に自分の淫らな声が反響する。

「んっ……はっ、あぁ……総司っ、総司……」

「和香……っ」

与えられる感覚のすべてが愛おしくて、和香もまた夢中で彼を求めた。

唇同士が離れると、総司は首筋から胸元へキスの雨を降らせる。その動きは丁寧に愛してくれた過去の前戯とは比べものにならないほど性急だ。柔らかな二つの膨らみにたどり着くと、和香を焦らす余裕もないのか、彼は即座に乳首に吸いついた。

「ひゃっ……⁉　ぁ、んんっ」

いきなりの強烈な刺激に身体が震える。それと同時に、シャワーの水とは別の液体がとろりと脚の間から滴り落ちるのを感じた。

見下ろすと、総司の手の中で胸の膨らみが卑猥に形を変えている。普段よりも粗野な手つきが彼の渇望を表しているようで、求められているという歓喜が和香の官能を著しく高めた。

総司の唇が皮膚に押し当てられるたび、チクリと軽い痛みが走る。白い肌に散る赤い花びらはどんどん増えていく。

その様を身悶《みもだ》えしながら眺めていると、彼のギラついた瞳がこちらを見上げ、ずくんとえも言われぬ快感が腰から駆け抜けた。

食べられてしまいそう……。

「総司……ぁっ、お願い、もっと……」

切なく乞うと、見つめ合った瞳に灯る情欲の炎はこのうえなく燃えたぎり、和香の身体を反転させて壁に手をつかせた。

背後から回った左手が乳房を掴んで揉みしだく。右手が伸びた先は、期待だけですでにだらだらと愛液を垂らしてしまっているそこだ。長い指に秘裂を撫でられ、悦《よろこ》びに腰が揺れる。

硬い爪が敏感な芽をかすめて、ぴくんと顎《あご》が上向いた。

「はあぁ、あっ、総司っ……あぁ」

「うわ……もうビンビン……」

思わず出た、といった呟きが耳の後ろで熱いため息とともに吐き出された。和香の瞳が羞恥と快楽に潤《うる》む。

「なあ、俺と再会するまでにどれだけの男に抱かれたんだ」

なぶるような言葉は、しかしその裏側に深い悲しみのようなものがこもっている。和香は快感に身じろぎしながら首を横に振った。

「……てない……っ、総司以外となんて、誰とも……っ！」

背後からは息を詰めるような気配が聞こえたあと、弱々しい声が続いた。

「なら、こんなに感度がよくなってるのはなんで？」

「それは……」

いくら情事の最中であっても、己の身体の素直な反応を正直に白状するのは恥ずかしい。だが、甘えるように背中から抱きすくめられてしまうと言わずにはいられなかった。

「嬉しかったから……っ、総司ともう一度こうできるのが……嬉しいの！」

叫ぶように言い切った直後、後ろからズンと太いもので貫かれていた。

「ふぁ、あ、ぁ、そんな……いきなり……ッ」

「悪い……あとで、もう一回、ゆっくりするから、今は……」

お前を感じさせてくれ……と掠《かす》れた声で囁《ささや》かれて、壁についた手をぎゅっと握りしめる。同時に中を締めてしまったのか、総司の口から小さなうめき声が漏れた。

滾《たぎ》りきった男性器を受け止めるそこは内側からあふれ出す愛液ですでにとろとろだった。激しく奥をノックされても生み出すのは快楽しかない。

ずんずんと突き上げる動きからはいつもの余裕が失われていて、彼のすべてを注ぎ込むかのような抽挿に和香は感じ入った。

大きく張り出した部分で花芽の裏側の感じやすい場所を執拗《しつよう》に擦られて、腰が砕けてしまいそうになる。脱力してずるずるとくずおれそうな肢体を総司が抱え上げる。

「ごめん……すぐ終わらせるから、ごめん……っ」

謝罪しながらも彼の腰はますます強く最奥を穿《うが》ち、和香は淫らな嬌声を上げ続けた。

背後の逞《たくま》しい体躯にすがらなければ立っていられないくらいに脚ががくがくと震える。体内に受け入れたそれも背中に密着した肉体も火傷《やけど》しそうに熱い。

浴室にはむっとする熱気がこもっている。荒い呼吸と口からこぼれ出す声、降り注ぐシャワーの音が狭い空間を満たしていた。

ともすれば、頭上から降り注ぐシャワーの存在など忘れてしまいそうなほどに互いのことしか見えていなかった。

求めて、求められて、その欲望を率直にぶつけ合う行為が途方もなく気持ちいい。

総司がすぐに終わらせると言ったのと同様に和香にも早々に絶頂が近づいていた。いつもなら早く気持ちよくなりたいとその訪れを熱望するのに、今はまだ来てほしくないと思う。このときがずっと続いてほしい。こうして彼の情熱的な愛情を永遠に受け止めていたい。

それでも、そのときはすぐにやってきてしまう。

硬くなった先端で行き止まりの壁に圧をかけるように男の引き締まった腰がグラインドし、鋭い電流がお腹の奥から脳天まで駆け上がる。瞬間、圧倒的な快楽が体内で弾《はじ》けた。

「あぁっ！　総司、イクっ、イッちゃう、あぁぁ――!!」

全身を痙攣《けいれん》させた和香はとうとうその場に膝をついてしまう。それを追いかけるようにして総司が背中に覆いかぶさった。

「く……っ」

力強く和香を抱きしめ、じっと動きを止めている。その様子から、彼もまた達したのだと理解した。

そのまま絶頂のあとの多幸感にぐったりと身を委《ゆだ》ねていると、内側を満たしていたそれがやがて出ていく。

手早くゴムを処理する姿を目にして、和香は避妊することすら頭から抜けていた自分に気がついた。それくらいなにも考えず総司と愛し合っていたかったということか。つい自嘲したくなる思考はそっと脇に追いやった。

和香の肩にバスタオルをかけた総司は、女性としてはそこそこ長身な身体を軽々と横抱きで抱え上げる。小さな悲鳴を上げた和香は首にしがみついているうちに寝室まで運ばれ、このうえなく恭《うやうや》しい動作でベッドの上に下ろされた。

見上げると、こちらが照れてしまいそうなほどに甘い瞳をした彼がいた。大きな手が労《いたわ》るように頬に当てられる。

「悪い、性急にしすぎた。痛いところはないか」

真っ直ぐな目に見つめられ、ああどうしよう、と和香は内心でうめく。

ときめきすぎて胸が痛い。

息が詰まりそうな苦しさをこらえながら、総司の手に自身の手を重ねた。

「大丈夫……なんともないから、続き、しよう？」

再び唇で受け止めたキスは、先ほどまでの行為とは打って変わってとても優しいものだった。

恋人だった頃の彼の、思いやりにあふれた触れ方だ。

さっきのような情熱的なセックスもいいが、こんなふうに慈しみに満ちた愛撫も好きだ。どちらも十二分に愛情を伝えてくれるから。

和香の弱いところは完全に把握されていて、だから安心して身を委《ゆだ》ねることができた。

「んっ、はぁ……総司……」

自ら抱きついて彼の頭を捕らえると、総司は和香の好きな口づけを延々と続けてくれた。そうしながらも、両手はそれぞれ別のところをまさぐっていて、一度頂点を極めたはずの身体はまた徐々に高められてしまう。

乳首をくりくりと指で挟まれるのがものすごく気持ちいい。そうされるとお腹の奥に熱が灯って、秘所も触ってほしくてたまらなくなる。それを分かっているかのように総司は和香が焦れてきたタイミングでその狭間に手を伸ばす。

自身で確かめることは叶わないが、おそらく陰核はすでに痛いほど張り詰めていたのだろう。きっとひとりでに包皮から露出して触れてもらえる瞬間を待ちわびていたに違いない。

その証拠に、秘裂に潜り込んできた指がその表面を撫でた途端、腰がびくんと跳ねて背中が反り返った。

「あっ……はぁ！　総司っ――！」

あまりにも鋭い衝撃に、キスを中断して叫んでしまう。

総司は口づけを遮《さえぎ》られても特に気にしたふうもなく無防備にさらされた耳に舌を這わせてくる。

卑猥な水音を間近に聞かされ、何度も優しく陰核の表面を撫でられ、全身がびくびくと震えた。

「すごいな、めちゃくちゃ感じてる」

「ああ、やっ……はぅっ、んんっ！」

羞恥心を煽《あお》るようなことを言われても、返事をしている余裕などない。身体の内側で激しい快楽の波が荒ぶっている。それにひたすら翻弄《ほんろう》されていた。

気持ちいい。気持ちよすぎて、おかしくなってしまいそう。

「総司……っ」

助けを求めるようにその名を呼ぶと、総司が頭を上げて顔を見せてくれた。

和香はその優しい双眸《そうぼう》を見つめながら二度目の絶頂を迎える。

「やぁ……っ、ああっ、ん――っ!!」

つま先を強く縮こまらせたあと、大きく弛緩《しかん》する。はぁはぁと荒く繰り返す呼吸に合わせて胸が上下する。

力なくベッドに横たわる和香の上で、なにかを破る音がした。見れば、総司が避妊具のパッケージを咥《くわ》えて封を切ったところだった。

取り出した中身を屹立《きつりつ》にかぶせると、しどけなく投げ出されていた脚を折り曲げ、挿入の体勢を作ろうとする。和香はそれを身振りで制止した。

「少し休むか……？」

仕草の意味を違ったふうに解釈して総司がそう気遣ってくれるが、それにも首を横に振る。

口で説明するのは恥ずかしかったので、黙って彼の肩に両手を乗せ、ぐっと押した。誘導に逆らわず、総司がベッドに尻をついて座り込むと、和香は膝立ちになってその腰にまたがる。そして、硬く勃ち上がった剛直の上にゆっくりと腰を下ろしていった。

「ん……っ」

先端を少し含んだところでぴくんっと背すじが震えてしまう。こんな体位を自分からしようと思ったのは初めてで、このやり方で合っているのかあまり自信がない。だが、総司が支えるように背中と腰に手を添えてくれたので、どうやら間違ってはいなそうだと安堵《あんど》する。

そこで目線を下から正面に戻した和香は、食い入るような彼の眼差しに出会って頬を熱くした。

「そんなに……じっと、見ないで……」

「いや、見るだろ。普通に」

総司は片手で口元を覆うと、こちらの身体を上から下まで眺め、もう一度「これは見るだろ……」と呟いた。興奮のためか声はやや上擦《うわず》っている。

和香は羞恥で泣きたくなった。しかも、まだ先しか挿入していないそれがぐぐっと体積を増した気がする。

思っていた以上にこれは大胆な行動だったのかもしれない。今さら躊躇《ちゅうちょ》する気持ちが生まれる。

だが、大きな手に後頭部を引き寄せられ、耳のそばで「和香、早く……」と吐息の掠《かす》れるような声で囁《ささや》かれると、下肢からはくったりと力が抜けてしまう。そのままゆるゆると腰が落ちて、反り返るほどに猛《たけ》った熱が最奥をずんっと突き上げた。

「ひぁ、あぁん！」

大きすぎる快感がひと息に体内を駆け巡って、目の前の逞《たくま》しい身体に抱きつく。そうすると互いの肌が密着してとてつもない一体感をもたらした。

そうだ、自分はこうしたかったのだ、と和香は温かく大きな体躯に身を擦り寄せる。総司からも強く抱擁されると、精神的な充足感も加わり、気持ちよさが段違いに増した。

自分で腰を動かしながら、彼にも揺さぶられて、屹立《きつりつ》が何度も膣を出入りする。しかもこの体勢だと自ら相手の恥骨に花芽を押しつけられると気づいてしまい、はしたなく擦りつける動きを止められなかった。

「はぁっ、あっ、ああっ、そうじ……っ」

「……くっ、のどか……」

外と内の敏感な部位を同時に刺激されて、和香はすぐにまた頂点へ上《のぼ》りはじめる。もう三度目になるはずなのに、今夜の己の愛欲はどこまでも果てがないように思われた。

「総司っ……わたし、またっ……」

「ああ、分かってるっ。そのまま——」

イッていい、と促されて和香は総司の肩から顔を上げ、彼の唇に唇を重ねる。舌を絡め合うような激しいキスではなく、ただ表面を触れ合わせるだけの甘やかなキスだ。

総司の存在を、今までで一番近くに感じた気がした。

私たちは愛し合っている。

たとえそれが今このときだけの夢であっても、それでいい、と思えるような瞬間だった。

やがて訪れる強烈な快楽の波を、二人は口づけを交わしたまま受け入れた。

回想Ⅳ『暗雲』

ずっとそばにいるという約束をくれた日から、総司は交際の事実を同僚たちに隠さなくなった。彼もまた和香と同じように将来を意識しはじめたということは、交わした約束だけでなく、日頃のやりとりからも十分に伝わってきた。

二人の交際はこのうえなく順調だった。うわついていると周囲に思われたくなくて、仕事にもいっそう真剣に取り組んだ。

——まさかそれが仇《あだ》になるなんて。

暗雲が垂れ込めはじめたのは、総司の優秀さが社内でも噂になり、あちこちでその名を聞くようになった頃だ。

ある日、和香は社内で森川に声をかけられた。

「倉田さん、今ちょっといい？」

「いいよ、なに？　仕事の話？」

「いや、宗像君のことでさ……」

森川は和香を休憩スペースの長椅子に座らせ、自身も並ぶと、ちょっと言い出しにくそうに頬をかいた。

「総司がどうかしたの？」

「……最近、ご家族がどうかとか、話したりしてる？　お兄さんの話とか」

「お兄さん？　ううん。特になにも聞いてないけど」

総司の兄と言えば、祖母が危篤《きとく》のときに車を貸してくれた人物だ。

総司の話を聞く限り、両親とは良好な関係とは言いがたい様子だったが、兄弟仲はそれほど悪くなさそうだった。周囲から贔屓《ひいき》されている兄に対して思うところがないわけではないのだろうが、互いのやむにやまれぬ境遇も理解しているのだろう。

「そうかあ……。実はこの間、部長に宗像君のことを尋ねられたんだよ。同期の目から見てどうかって。どういう意図の質問か分からなくてよくよく話を聞いてみたら、どうも部長は宗像君が跡取りになることもありえるんじゃないかって考えてるみたいでさ」

森川の所属部署の部長はどうやら野心が強い人物らしい。総司が跡取りになりうるなら、早いうちに取り入っておきたいという考えのようだった。

「でも、跡取りはお兄さんで確定してるでしょう？」

社長夫妻やその周囲の人たちにとって、総司の兄――宗像彰宏《あきひろ》が次の社長になるというのは昔からの決定事項のようだった。社長の席はこれまでずっと本家の長男が継いできたから、その伝統を守りたいということらしい。なのに今さら跡取りを交代なんてことになるとは思えない。

だが森川は曖昧《あいまい》に言葉を濁す。

「どうだろうね。このところの宗像君の活躍は目覚ましいものがあるし。経営戦略部では鋭い分析やアイデアをたくさん出して、先輩方をうならせているらしいよ。実際に成果も上がってきている」

「それは……いろんな人から聞いてる」

逆に本人からは一切そんな話は出ない。自分の実績をひけらかすような性格ではないから、それは特に不自然なことではなかった。

「上層部には、宗像君は別格だって高く評価する人もいるみたいなんだ。ご長男より見込みがあるんじゃないかっていう声も……実際ある」

「そんな……」

彰宏も新卒で入社した当初は、総司と同じように肩書きのない一般の社員として同じ経営戦略部に配属されたらしい。だから、能力の差はどうしても浮き彫りになってしまう。

彰宏も決して無能ではない。むしろ平均と比べれば優秀なくらいだ。だがそれはあくまでも一人の社員として見たときの話だった。

会社という多くの人間が集まる組織を率いるトップには、並の社員とは異なる資質が求められる。それはリーダーシップや決断力だったりする。

そういう視点で見ると、彰宏は残念ながら頼りないと言わざるをえない人物のようだった。彼はおそらく人を指揮するのがさほど得意ではない。

一方の総司はまるで逆で、人の下で働くよりも、人の先頭に立ち、道を切り開くことのほうにやりがいを見いだすタイプだった。

学生時代の話を聞けば、どの集団に属していても常に人をまとめる役割を担ってきたことが分かる。面倒見がいい彼の周りには人が集まるし、彼はその人材を適切に配置するのに長けている。

上から課された仕事であっても彼は十分なクオリティで仕上げることができるが、仕事に対する意欲を増したことで、言われたこと以上の働きを積極的にするようになった。ゆえに、その真価が周囲の目にもはっきりと映るようになったのだろう。

森川からそんな話を聞いた和香は、総司と二人で自宅でくつろいでいるときに尋ねた。

「ねえ、会社の跡取りがかわるかもしれないって噂を聞いたんだけど、実際どうなっているの？」

口に出して問いかけてはみたものの、声にはかすかな迷いがにじむ。

これは果たして自分が聞いてしまっていい問題なのか。

だが彼の将来を左右する話は、ずっとそばにいるという約束をもらった和香にとっても決して無関係なものではないはずだ。

総司はすぐには答えず、考えを頭の中でまとめるためか、ローテーブルのマグカップからコーヒーを一口味わうように飲んでから口を開いた。

「率直に言うと、俺が跡取りになる可能性は低いと思う。前にも少し言ったけど、近しい親族は長男である兄貴以外に会社を継がせることを全く考えていない。俺を持ち上げようとしているのは、そうすることで俺に取り入って、権力を握ろうとしている一族外部の人間だ。今のところ、重要な役員は親族の人間で固められているから、そんな思惑がそう簡単に通るとは思えない。ただ……」

そこで言葉を切り、迷うように視線をテーブルの上に落とした。

「兄貴の様子が少し気がかりだ。最近、思い詰めている感じがする」

「お兄さんとは仲が悪いわけではないんでしょう？　総司が跡取りの座を狙っているわけじゃないってことは分かってるんじゃないの？　……会社を継ぎたいわけじゃや、ないんだよね？」

「ああ。俺は俺に求められる役割だけを果たすつもりだ」

そう言う総司の目はやけに淡々としていた。

「兄貴もそれは分かっているだろう。でも、問題はそこじゃない。兄貴はそもそも進んで人の先頭に立ちたがるような性格じゃないんだ。それと……昔から少し、俺に対してコンプレックスをいだいてるところがある」

聞けば、両親や親族の期待を背負った彰宏は子供の頃から極めて優等生的な態度で地道に努力を重ね、勉学やそのほかの活動でもそれなりに優秀な成績を上げてきたらしい。

しかし、それらはすべて弟の総司が上を行った。

総司のそれは、両親の関心が己に向けられないがゆえに、自分の居場所や存在価値を家族の外に見いだそうとした結果だ。だが、周囲の重いプレッシャーに抑圧されている兄の目にはどう映っただろう。自由にのびのびと実力を発揮している弟に嫉妬や劣等感をいだいていても不思議はない。

社内で聞いた総司の噂や森川の話が脳裏によみがえる。

『さすがは社長のご子息』

『頼もしい』

それだけならまだいい。

『宗像君は別格だ』

『ご長男よりも見込みがあるんじゃないか』

そんな無責任な評価や比較が和香にまで聞こえてくるくらいだ。本人たちの耳にも当然届いていることだろう。

塞ぎ込んでいるらしいという長男が、この状況をどういった心境で受け止めているのか。

胸に一抹の不安がよぎる。総司の心配も同じところにあると思われた。

結果としてその不安は、最悪の形で実現した。

彰宏が忽然《こつぜん》と姿を消したのだ。

だが、それは全く前触れのない行動というわけでもなかった。その少し前から、「僕は社長の器じゃない」「会社は総司が継げばいい」といった投げやりな発言が増えていたというのだ。しかし、周囲の人間はそれをなだめすかそうとするばかりで真面目に取り合わなかった。その末の暴挙ということだ。

行き先を知る者は誰一人としておらず、社内は一時騒然となった。

自発的に出ていったことは残されていたメモから明らかだったため、警察に捜索願を出したところで緊急性が低いからと動いてもらえない。

スマートフォンなど足がつきそうなものはすべて置き去りにされていた。その履歴を精査して唯一判明したのは、どうやら彼はフランスに飛んだらしいということだけだ。

その先の足どりは不明。

海外に行かれてはもはや手の出しようがなかった。

職務もなにもかも放り出していった彰宏は現在、部長職にある。会社としてこのままというわけにはいかない。

彼の母たる社長夫人、宗像喜和子《きわこ》の強固な主張によって、彰宏は表向き休職扱いとして処理されることになった。空いたポストに就く代理の者が急ぎ選定された。

そして宙に浮いた会社の跡継ぎの座が総司に回ってくることになったのである。提携を予定している企業の社長令嬢との縁談という厄介なものを引き下げて。

もちろん彼は突っぱねた。だが、ここでも喜和子は引き下がらなかった。

跡継ぎの突然の失踪で動揺する社員たちを安心させるためにも、代わりに立つ総司には十分な箔《はく》をつけておきたい。そのためには政略結婚が手っ取り早くて効果的なのだと言い張った。

直接の説得を試みても埒《らち》が明かないと判断した彼女はその矛先を和香に向けた。

総司が仕事で不在にしている土曜日。社長夫人である喜和子に突然呼び出された和香が格式高い有名ホテルのラウンジに向かうと、テーブルの上に投げ出されたのは小切手だった。

「総司と別れてくださらないかしら」

着物をぴしりと着こなした美女が赤い唇を美しく曲げ、まるで仕事の依頼でもするかのようにそう告げた。

小切手の額面にはいくつもゼロが並んでいる。

「それで足りないというなら、もっと上乗せしてもかまわないわ」

和香はしばらく声も発せなかった。

自社の社長夫人を前にひるんでいたということもある。だがそれ以上に、自分と総司の関係をお金で簡単に清算できるものとみなされたことが屈辱だった。

「いくらお金を積まれても、私が総司と別れることはありません」

こんな要求、絶対に呑むものか。

確固たる意志を持って目の前の女を強い眼差しで睨みつけると、彼女は呆れたようなため息をついた。

「一時の遊び相手にこんなふうに勘違いさせるなんて、総司も可哀想なことをするわね。あなたみたいな平凡な人間が総司とどうにかなれると思ったかしら？　こういう場所にもあまり慣れていないようだけれど」

日常と切り離されたような高級感あふれるホテルは、確かにこれまでの人生であまり縁のなかった場所だ。そのことに緊張している内心を見透かされ、和香の頬がカッと熱を帯びた。

その反応を目にして喜和子が意地悪く微笑む。

「彰宏を会社から追い出しておきながら、まだ総司にしがみつこうとするなんて図々しいのね。このあたりで手を打つのが利口だと思うわよ？」

そのあまりの言い草に怒りが込み上げる。

この人は、長男が会社を去ることになった原因が和香にあると考えているのだ。

確かに遠因とは言えるのかもしれない。恋人との将来を真剣に考えはじめたからこそ、総司は仕事に精力的に打ち込み、それが結果として彰宏を追い詰めた。

だが、和香が関わる以前から兄弟の間には軋轢《あつれき》の種が確実に存在していたし、それはもとをたどれば喜和子やその夫など近しい親類が撒《ま》いたものだ。

その責任を和香一人に背負わせようなど、見当違いもはなはだしい。

しかし、喜和子の中ではもうその結論が揺るぎないものとなっているらしい。こちらに向けられる禍々《まがまが》しいほどの嫌悪感が彼女の全身から伝わってくる。

最愛の息子がいなくなったことで生じたやり場のない感情を、和香を排除することで晴らそうとしているのかもしれない。

だからと言って、こんな要求を、はいそうですかと呑めるはずもなかった。

小切手は受け取らず、総司と別れることにも同意せずにその場を去った。

だがそれ以来、喜和子はさまざまなやり方で和香を追い詰めようとし、その手段は次第に陰湿なものへと変わっていったのだった。

第五章　彼の指輪

森川に誘われた創立記念パーティーは、市の中心部にあるホテルで催《もよお》された。

ホテルのエントランスに掲げられている案内板で会場を確認した和香は、一旦お手洗いに向かい、念入りに身だしなみをチェックした。

今日はパーティーの招待客ということで、少し華やかなボルドーのワンピースを着用している。無機質に整っている自分の容姿を踏まえて温かみのある色を選んだ。寒色では近寄りがたいオーラが全面に出てしまう。メイクも、あまり自分の好みではないが、ピンク系統の色を使って愛嬌のある雰囲気に仕上げている。

久しぶりに昔の同僚と会うので、少しでも親しみを感じてもらえるように努力したつもりだ。

あとは、表情。

パーティーという場はどうしても緊張してしまうが、微笑みを忘れないようにしなければ。

鏡の中をのぞき込み、己の口角が品よく持ち上がっていることを確かめていたとき、その口からにわかにくしゃみが出る。和香はむき出しの両腕をさすりつつ、空調の風が吹き出す天井を見上げた。

大雨に打たれたせいだろうか。海に行った日から、風邪気味の体調が続いていた。喉にかすかな違和感がある程度だったので大丈夫だと思ったのだが、ショールを羽織ってくるべきだったかもしれない。

あの大雨を思い出すと、思考は無意識に総司のことに流れる。

彼と会ったのも、海に行った日が最後だ。

触れ合った肌の熱はいまだに鮮明に想起できる。そうすると、嬉しいような切ないようなときめきに胸を締めつけられてしまう。

しがらみもなにもなく、自分たちはただ愛し合った。

それが今後の二人にどのような変化をもたらすかはまだ分からない。

あのとき、濃密な情事を終えて衣服を身につけた総司は、シャワーの前に外していた結婚指輪を握りしめ、なにかを告げようとした。そのあらたまった表情はこのうえなく真剣で、とても大事なことを言おうとしているのだと察せられた。

しかし、その唇が話を切り出す前に、スマートフォンのけたたましい着信音が二人の間を遮《さえぎ》った。

出鼻をくじかれた総司は鼻白《はなじろ》んだ様子で電話に出て、やがて驚愕の声を上げる。

ひどく困惑した手つきで電話を切った彼は、申し訳なさそうにこちらを振り向いた。

『悪い。すぐに東京に行かないといけなくなった』

そう言って、ベッドに腰かけた和香の前に膝をつき、手を握る。

『戻ったら、話したいことがある。待っててくれ』

『……うん』

その話がなんなのか、和香には想像もつかない。けれど、二人のこれからに関わる内容なのは間違いないだろう。

自分が総司とどうなりたいのか、和香は己の心を掴みかねている。

だけど――離れたくない。そばにいてほしい。

それだけは強く願ってしまう。

彼はそのまま慌ただしく出立した。もともと出張で東京に赴《おもむ》く予定だったため、そのまましばらく滞在することになったらしい。

それから一度だけ電話で話したが、かなりバタバタしているようだった。大変なトラブルなどが起きていないといいのだが、詳細が分からない和香には待つことしかできない。

そんなことを考えつつ会場に入ると、そこにはすでにたくさんの人が詰めかけていた。

乾杯用のドリンクをウェイターから受け取り、一人できらびやかな会場を所在なく見渡す。

すると、ほどなく背後から名前を呼ばれた。

「倉田さん、今日は来てくれてありがとう」

振り返ると、スーツ姿の森川に人懐こく笑いかけられる。その表情はパーティーの賑《にぎ》やかな雰囲気のせいか、どことなく嬉しそうに見えた。

「こちらこそ、招待ありがとう。ここにいるのってみんな文社の関係者？　思ったより人が多くてびっくりしちゃった」

「そうだよ。僕も文社でのパーティーは初めてだから、正直ちょっと驚いた。本社のパーティーほどじゃないけど、百貨店ってやっぱりいろんな企業との協力で成り立っているから、必然的に招待客は多くなっちゃうんだろうね」

自分の招待した相手を探すのも一苦労なのだろう。彼の声音にはほんの少しだけ辟易《へきえき》とした色がにじむ。

「乾杯の前は挨拶回りとかでちょっと慌ただしいけど、しばらくしたら落ち着くと思うよ。あとで倉田さんと話したいって言ってた同僚たちを連れてくるね。それまでは悪いけど、僕が話し相手で我慢して？」

「我慢って」

和香はふっと笑う。

「十分すぎるよ。というか、森川も挨拶回りがあるんでしょ？　私は一人で平気だから、そっちに行っていいよ」

気を遣って言ったつもりだったが、森川はとんでもないとばかりに首を横に振った。

「まさか。倉田さんを一人にするわけないだろ」

言い切ってから、自分でも大げさな反応をしてしまったと気づいたらしい。即座に穏やかな口調で付け足した。

「挨拶回りはもう済んでるんだ。僕はまだ支社に来て数ヶ月で、自分が中心になってやりとりしてる相手は多くないからね。会場の運営は別の部署の仕事だし。だから、大丈夫」

「そう……?」

なんとなく、森川がなにを心配しているのかが分かった気がした。

彼は、この会場に五年前の騒動を覚えている人がいて、和香がなにか不快な思いをするのではないかと危惧《きぐ》しているのだろう。その気遣いはとてもありがたいし、知り合いもほとんどいないパーティーで一人にならなくて済むのは助かる。

だが、森川の配慮はどことなく、元同期という枠を逸脱しているように思えた。もともと周りをよく見ていて、他者への気遣いが細《こま》やかな人ではあるのだが。

それにしても、過保護が過ぎるような……

五年も前の、支社から物理的にも離れた本社でのことを、今さらとやかく言う人はいないだろう。もちろん絶対とは言い切れないが、和香の顔まで知っている社員などかなり限られるはずだ。

そんな内心のわずかな引っかかりを表情の下に隠しつつ談笑していると、やがて司会の女性がマイクの前に立ち、パーティーの開始を告げた。それと同時に、前方の大きなスクリーンに映像が投影される。

大きく映し出されたのは、和香も見覚えがある株式会社宗像百貨店の社長の姿だ。どうやら創立記念パーティーを同時開催している東京本社の会場をライブ中継しているらしい。

スクリーンの中の社長は明朗な口調で挨拶の言葉を述べる。

まずはこの場に集まってもらったことへの謝辞から始まり、次に業界を取り巻く情勢と近年の自社の業績や主だった取り組みを端的に説明した。それから取引先の人々に日頃の支援に対する感謝を伝え、出席者たちのますますの発展を祈念する。

締めくくりとして乾杯の音頭を取ると、会場の人々も手元のグラスを持ち上げた。和香も手にしていたグラスを隣の森川と掲げ合い、泡の弾《はじ》けるシャンパンに口をつける。

「あれ、倉田さんってお酒呑めるんだっけ？」

和香が周囲と同じグラスを持っていることに気づいた森川がそんな質問を口にする。

「呑めなくはないよ。すごく弱いからあんまり呑まないけどね。今日も乾杯だけ」

体調がよくないせいもあってか、一口だけでもかなり身体が熱くなる感じがした。今日はもうアルコールを呑まないほうがよさそうだ。

そばを通りかかったウェイターにグラスを渡して下げてもらい、代わりに水をもらってもとの場所に戻ってくると、その場には森川のほかに見知った男女が増えていた。一人は和香が本社に勤めていたときに宣伝部で先輩だった男性。もう一人は同期として交流があった女子だ。

「倉田さん、久しぶりー！」

女子のほうが真っ先に寄ってきて嬉しそうに目を細めた。

「元気そうでよかった！　でも、ちょっと痩《や》せた？　大人っぽくなっただけかな。もう、ずっと音沙汰がないから心配してたんだよ」

「ごめん、ショップの経営に必死で余裕がなくて」

「そうなんだろうな、とは思ってたけどさー」

「あんなふうに会社を辞めたから、みんな心配してたんだよ」

女子二人の会話に混ざってきたのは先輩だ。

「ご無沙汰してます。すみません、いろいろとご指導いただいたのに、あんな形で辞めてしまって」

和香が頭を下げると、いいよいいよと彼は手を振る。

「むしろ、僕のほうが申し訳ないと思ってたんだ。倉田さんは明らかにパワハラを受けてたのに、助けてあげることができなかったから」

「そんな……あれは誰にも、どうしようもできなかったんだと思います」

そう言って目を伏せる。

本当に、どうしようもないことだった。

社長の息子である総司ですら、手をこまねいて見ていることしかできなかったのだから。

「今は、友人と開いたショップでなんとかやってますから、気にしないでください」

しんみりした空気を払拭したくてにっこりと笑顔を作ると、先輩も同期もこちらの意を汲んで、もうそのことには触れないでいてくれた。

そこからは森川も交え、昔の同僚や同期たちが今どうしているかという話に花が咲く。かわるがわる語られる知り合いの近況を聞きながら、和香は今の自分に総司がいてくれて本当によかったと安堵《あんど》した。

たぶん一人だったら、彼らと同じ場所に居続けられなかった己の境遇を嘆いてしまっただろう。いやもしかしたら、自分には店がある、と奮い立とうとしただろうか。表面的にはどうであれ、心の奥深くでは癒《いや》されない孤独をさらに強めてしまったに違いない。

たまには連絡してね、と言って同期が先輩を伴って去っていくと、和香はまた森川と二人になる。最初に言ったとおり、彼は本当に今夜つきっきりでいるつもりのようだ。

一人で平気だともう一度伝えるべきか和香が悩んでいるうちに、司会が再びマイクを手にして場の注目を引きつけた。

スクリーンを見るように促されて目を向けると、先ほどと同様に本社の会場のライブ映像が表示されている。それから少しカメラが引き気味になって壇上全体を映し出した途端、和香は己の呼吸が止まるのを感じた。同時に、そばに立つ森川のまとう空気も張り詰める。

中央に見えるのは、やはり社長の姿だ。今度はその左右に、重役と思《おぼ》しき人たちが数人並んでいる。大半は男性で、そこには総司も含まれていた。そして、彼の隣に一人だけ、着物の女性が混ざっている。

マイクを取った社長が発言した。

『ここで一つ、今後の経営について重要な発表がございます。株式会社宗像百貨店はこのたび、同じく百貨店業を営む箕輪《みのわ》デパートと業務提携を結ぶことにあいなりました。今後はそれぞれが培《つちか》ってきた経営ノウハウを活かし、よりいっそうの発展を目指してともに努力してまいります』

社長が頭を下げるのに合わせて、居並ぶ者たちもお辞儀する。

着物の女性が誰なのか、それではっきりと分かってしまった。

彼女は箕輪初穂《はつほ》——いや、今は宗像初穂か。箕輪デパート社長の娘。そして、総司が政略結婚した相手だった。

頭から血の気が引いて、身体が冷たくなっていく。そんな感覚をいだいた。

「出よう」

短い一言が耳朶《じだ》を打ったかと思えば、次の瞬間には、森川に手を引かれて会場の出口へ歩きだしていた。突然のことに頭の中が真っ白になっていた和香は、ただそれに従うことしかできない。

よろよろと覚束《おぼつか》ない足どりでその背中を追いかけると、彼は広間を出て真っ直ぐ進み、途中何度か曲がって、いくつかの階段を下りていく。

いったいどこまで行くのだろうとぼんやり考えはじめたあたりで、森川は立ち止まった。

「ごめん。今日、あんな発表があるだなんて、知らなかったんだ」

振り返った顔はひどく思い詰めている様子だった。

「招待するからには、絶対不快な思いはさせないつもりだったのに……」

だから今夜は和香にべったりだったのか。

どうやら彼は、この状況の責任が自分にあると考えているらしい。

森川のせいじゃないよ。

そう言おうとしたのに、唇が震えて言葉にならなかった。温かいものが頬を伝う。

こんなところで泣くべきではない。

分かっているのに、熱くなった涙腺は次から次へとしずくを生み出す。はらはらと流れていくそれを和香は止めることができなかった。

「もしかして……僕の知らないところで、宗像君と会っていた？」

核心をつく問いに、ぐっと息を詰める。

もう誤魔化《ごまか》すことはできない。

返す言葉を見つけられず、絨毯《じゅうたん》の上に視線を落とす。その泣き顔を森川はじっと見つめ、くしゃりと顔を歪めた。

「やっぱり……か。僕が支社に呼び出したあの日だね。——やっぱり倉田さんを会社に関わらせるべきじゃなかった。君と接点を持ちたかったからって、企画を口実にした僕は馬鹿だ」

「森川のせいじゃないよ」

今度こそ言葉にした。顔を上げてきっぱりと首を振る。

再会などきっかけに過ぎない。そのあと総司を受け入れることにしたのは和香だ。

彼が結婚していることを知りながら、誘いに応じ続けたのも。「やり直してくれとは言わない」ときちんと線を引いてくれていたのに、それを乗り越えてしまったのも。すべて自分が招いたことだ。

だから、この胸の痛みも、自業自得でしかない。

「……っ」

喉から漏れそうになる嗚咽《おえつ》をこらえ、口元を押さえる。

そのとき突如、ぐらり、と気持ちの悪いめまいが襲った。その場にくずおれそうになるのを、壁に手をついてなんとか持ちこたえる。

頭がひどく痛かった。そして寒い。

こちらの手を掴んだままだった森川がはっとしたように目を見開いた。

「もしかして、熱があるんじゃ……」

言われて和香も気がつく。

空調が効きすぎているせいかと思っていた寒気は、今やぞくぞくと全身に広がる悪寒に変わっていた。パーティーの間に体調を悪化させてしまったらしい。

「そ……みたい……」

「帰ろう。送るよ」

森川に支えられ、ホテルのエントランスまでなんとか歩くと、ロータリーに停車していたタクシーに乗せられた。

ぐったりと座席に寄りかかる病人を一人で放り出すことはできなかったのだろう。森川もあとから乗り込んできて、タクシーは発進した。

ぐらぐらと揺れる車体に身を預けながら、和香のおぼろげな思考は先ほど目にした映像を思い返していた。

初穂は悔しいくらい素敵な女性だった。

おっとりとした雰囲気の柔らかさは、育ちのよさからくるものなのだろう。大人しくも品のよい柄の着物に柔らかそうな黒髪がふんわりと落ちていた。大切に守られてきたのが窺《うかが》えるお嬢様然とした出で立ち。それでも堂々と男たちとともに並ぶ佇《たたず》まいには、一本芯の通った強さが垣間見え、年相応のしなやかさを感じさせた。

彼女が、この五年間、総司に寄り添っていた女性。

幸せにやっているといい。

そう思っていたのは嘘ではない。

総司と再会する前、ふと彼のことを思い出したとき、確かにそう思っていたはずだった。けれど、それは結局、綺麗に取り繕《つくろ》われたうわべだけの感情でしかなかった。その裏側には同じくらいの強さで、幸せになってほしくない、と願っている自分がいる。

置いていかないで。忘れないで。一人にしないで。

醜《みにく》い感情はすべて心の奥底に沈めたはずだった。

でも――私が、そばにいたかった。そばにいられると思っていた。将来を誓い合って、指輪の交換をして、家族になって。なにげない生活を一緒に紡いでいけると思っていた。

着るものにあまりこだわらない彼に、上に立つ人間なんだからこっちがいいよと三つ揃いのスーツを勧めたり。帰宅するなり脱ぎ散らかす彼を優しく叱ったり。そんな日々を彼の隣で過ごすのは自分だと、疑いようもなく信じていたのだ。

それは一途な願いでもあった。

なのになぜ。どうして私たちは、一緒にいられなかったのだろう。

蓋《ふた》をしたはずの感情が、堰《せき》を切ったようにあふれ出して止まらない。

頭がひどく痛かった。思考が千々《ちぢ》に乱れる。空調で冷えきった車内はとても寒くて、和香はぶるりと身震いした。

あの大雨の日は総司が温めてくれたのに、彼は今東京にいる。別の女性の隣にいる。

当たり前のように並んで立っていた二人の姿が頭の中から消えない。

タクシーが停車した。

「倉田さん、着いたよ」

「う、ん……」

返事はしたものの、身体に力が入らなくて立ち上がることができなかった。

体調がどんどん悪化している。意識が曖昧《あいまい》にぼやけて混濁する。

森川に背負ってもらい、部屋まで運んでもらったところまでは、かろうじて覚えていた。

翌朝、和香の意識を呼び覚ましたのは、自室に鳴り響く呼び鈴の音だった。

ぼんやりと寝ぼけたままベッドの上に起き上がり、首を巡らせると、玄関のほうへ歩いていくワイシャツの背中が見えた。

総司――ではない。森川だ。

自分の身体を見下ろすと、きっちりとパジャマを着込んでいる。頭を置いていた場所には、タオルを巻かれたアイス枕があった。テーブルには体温計が置いてある。

どうやら昨夜は、高熱を出した和香のために部屋に泊まらせてしまったようだ。

一瞬、森川に着替えさせられたのだろうかと焦るが、看病のためとはいえ、さすがにそんな真似はしないだろう。アイス枕や体温計はこの部屋のものだし、おそらく記憶がないだけで自分で着替えたり物の場所を教えたりしたのだ。

一晩ぐっすり眠ったおかげか、体調は驚くほどすっきりとしていた。気分は最悪だが。

そこで玄関のドアを開ける音が耳に届き、続いて聞こえたのは、訝《いぶか》しげな低い声だった。

「どうして森川がここにいる？　ここは和香の部屋だろう」

鋭く問いただすのは総司の声だ。先ほど呼び鈴を鳴らしたのは彼だったらしい。

どうして突然部屋に……と思考を巡らせたところで、戻ったら話したいことがあると言われていたのを思い出す。

「そういうことを聞くのは野暮だと思うよ」

まるで誤解させようとしているかのような森川の言い方に和香はベッドの上で青ざめた。

けれど――これでいいのかもしれない。

総司にはれっきとした奥さんがいて、彼女の会社とのつながりはこれからさらに強まっていくのだろう。これ以上彼との関係にはまって抜け出せなくなる前に、切るのが賢明なのだ。いくら一緒にいたいと願ったって、自分たちの間に未来はない。そばにいるだけつらくなる。

そうだ、最初から分かっていたではないか。

和香は、彼との思い出を苦いばかりのものにしたくない。大好きだからこそ、一番に思い出すのは綺麗で幸せだった頃の二人でありたい。総司にはもう十分にたくさんのものをもらった。和香の孤独は一時だけでも癒《いや》された。

だからもう、自分は身を引くべきだ。

起き抜けの緩んだ服装のままで、玄関に向かった。森川を部屋の中に引き下がらせて戸口に出ると、総司が目を見開き、厳しい眼差しで和香を捉える。

「和香……これはどういうことだ」

その剣幕にひるみそうになるのをこらえ、薄い笑みを浮かべた。

「分かるでしょう？　私たち寝たの」

「――嘘だろう？」

総司は表情を失くして和香に詰め寄ろうとする。

高熱が下がったばかりの状態で彼の追及を躱《かわ》しきれるとは思えない。だから、「ごめんなさい、帰って！」と言ってそれ以上の会話を拒み、無理やり彼を玄関から押し出した。

鍵をかけてドアに背中を預け、祈るように目を閉じる。背後でドアを叩く音と名前を呼ぶ声が何度も聞こえた。

それもやがて静かになると、かたんとかすかな物音がすぐ耳の後ろから伝わった。ドアに手をついて額《ひたい》を押しつけているのかもしれない。ドア一枚だけを隔てたところに総司の気配を強く感じた。

「森川といれば、お前は幸せになれるのか……？」

絞り出すような言葉が、ほんの数センチの距離から発せられる。

心臓を鷲掴《わしづか》みにされた気分だった。

こんなときまで、どうして和香の幸せなど気にかけるのだ。

——私は、総司を傷つけることをしてるのに。

『幸せになってると、思ってた』

『俺はこんな未来を望んで、お前を手放したわけじゃない』

思えば彼は、いつもそればかりを気にしていた。復縁を迫ることもなく、ただそばに寄り添って、一人で我慢するなと温かい思いやりを与えてくれた。

なのに自分が返したものはなんだ。

彼の気持ちを知っていながら自ら肉体関係を求めた。総司と触れ合うことができて嬉しい。そんな期待させるようなことを言っておいて、別の男が現れたからと突き放す。

弄《もてあそ》ばれたと非難されたほうがどれだけマシだっただろう。もしくは、妻のある身で和香に尽くそうとする彼を軽蔑することができたなら。だが、自分たちはそのどちらもできなくて、不毛な関係を結んだ挙げ句に傷つけ合っている。

この結末は、予想できたはずだった。分かっていて陥《おちい》るなんて愚かにもほどがある。

笑い飛ばしたかったのに、唇から漏れたのは弱々しい涙声だった。それでもここで終わらせると決めたのだから、最後までやり遂げるほかはない。

お腹に力を入れて、精一杯凛とした声を絞り出す。

「幸せだよ……。総司はもう、いらないの」

ナイフで胸を貫かれたような痛みが走って、呼吸すらままならない。それでも、口をついて出そうになるほかの言葉を懸命に呑み込んだ。

本当は、ありがとうと言いたかった。再会してからだけではない。付き合っていた頃も、つらいときにはいつも総司がそばにいてくれた。

和香の孤独な心に気づき、すくい上げてくれたのは彼だけだったのに。こんなふうに冷たい言葉を投げつけることしかできない自分が情けなくて胸が軋《きし》む。

口を引き結んだまま苦しいほどの無言の空白にじっと耐えていると、力ない声が返った。

「そうか……。なら、いい」

その短い返答を最後に、彼がドアから離れたのが分かった。かすかに届く足音も、次第に遠く消えていく。

室内が完全な静寂に満たされた頃、和香はドアに寄りかかったまま、ずるずるとその場にしゃがみ込んだ。

行ってしまった。

今度こそ、自分たちの道は永遠に分かたれてしまった。

静かに涙を流し続ける和香の前にタオルが差し出される。ずっと見守ってくれていた森川が、なんと声をかけていいのか分からない様子で気まずそうに泣き顔から視線を逸《そ》らした。

「ごめんなさい……勝手に巻き込んで」

タオルを受け取って、ひどい有り様の顔を拭う。

いつまでもこんな場所で膝を抱えているのが恥ずかしくなって、靴を脱ぎ、床に上がる。森川はそんな和香を痛々しいものでも見るかのように眺めていた。

「いや、先に誤解させるようなことを言ったのは僕だし……。放っておけなかったんだ。人目もはばからず泣いてしまうくらい、彼のことで思い悩んでいる倉田さんを」

五年前のことだってあるしね……とやるせなさそうに呟く。

そこでなにかを決意したように、森川のかもす空気が変わった。

タオルを掴む手に手を添えられて視線を上げると、いつになく強い眼差しをした彼が真っ直ぐにこちらを見る。

「僕は、誤解を真実にしてもいいと思っている。……いや、真実に、したい」

呆気にとられてなにも言えずにいると、いたたまれない空気を誤魔化《ごまか》すように彼は照れくさそうに笑った。

「返事は、今じゃなくていいから。いつかその気になってくれたら嬉しいっていうだけで。……熱も下がったみたいだし、僕は帰るよ」

早口でそう言って帰り支度を始めようとする。その背中に和香はただ一言だけを返した。

「ごめんなさい」

それ以外に言葉が出てこなくて、タオルを握りしめたまま俯《うつむ》く。

これまで彼が親身に気遣ってくれていた理由がようやく分かって、あまりにも鈍感だった自分を恥じ入る気持ちだった。そして、想いに応えられないことがただただ申し訳ない。

二人の間に長い沈黙が流れて、やがて森川が苦笑した。

「だからさ、そんなすぐに答えは出さなくていいんだって――」

「それでも。私、総司以外の人を、もう好きになれないんじゃないかと思う」

「そんなに彼が好きなの……？　君をこんなふうに泣かせる男なのに？」

和香は泣き笑いのような表情で頷く。

「結婚してる人なのにね。おかしいでしょう……？」

それでも、総司が与えてくれたものは大きすぎて、ほかの男性が心に入り込む余地はとてもないと思うのだ。

森川がなにかに気づいたようにはっとした顔になり、それから呆れたように肩をすくめた。

「なら、教えてあげるよ。彼はね……とっくの昔に、離婚しているんだ」


――どういうことなの？

ショップの休憩室でテーブルの前に腰を下ろした和香は、肘《ひじ》を立てて組んだ両手に額《ひたい》を押し当て、ぐるぐると煩悶《はんもん》していた。

土曜日の今日は有紗が一人で店番をする日なので、自分は休日だ。だが、森川に告げられた事実があまりにも衝撃的だったために、非番であることも忘れ、うっかり出勤してしまった。そして、店に現れた和香の顔を見るなり、なにかあったと感づいた有紗によってこの部屋に押し込まれた。

「私が昼休憩に入るまで待ってて」と指示されたので、言われるがままにじっとしている。

頭の中は混迷を極めていた。

総司は政略結婚の相手とすでに離婚していた。森川が言うのだから情報は確かなはずだ。だが、その内容にどうしても納得がいかない。

とっくに離婚していたなら、どうして教えてくれなかったのだろう。薬指にはめていた指輪はなんだったのか。

私は、すごく悩んだのに……

これまでの苦悩を思い返し、無意識にこぶしを握りしめたとき、ドアの開く音がした。

部屋に入ってきた有紗の手には、ショップの近くにあるカフェのテイクアウトと思《おぼ》しき紙袋がある。彼女はそれに手を突っ込むと、サンドイッチとホットコーヒーを和香の前に置いた。

「和香の分。どうせなにも食べてないんでしょ?」

「あ……うん。ありがとう」

意識を向けてみれば、朝からなにも入れていない胃袋は空腹を訴えている。食欲を忘れるくらいに狼狽《ろうばい》していたということだが、なにか別のことに気をとられると食事が疎《おろそ》かになるのは昔からの悪癖だ。

有紗は和香の向かい側にある椅子に腰を下ろし、同じ紙袋から自分の分を取り出してテーブルの上に広げる。店番が一人しかいない日の休憩時間は、休憩中の札を店の前に出し、鍵をかけることになっているので、昼食を急いで詰め込む必要はない。

彼女はミルクを入れたコーヒーをかき混ぜつつ口を開いた。

「で？　なにがあったの？　目が腫《は》れてるみたいだけど」

具材がたっぷりと挟まれたサンドイッチを包むフィルムをぴりぴりと剥がしていた和香は、鋭い指摘に思わず目元を押さえた。

「……そんなに分かる？　メイクで隠したつもりだったんだけど」

「よく見ないと分からないくらいだよ。それで？」

さっさと言えとばかりに本題を促され、しばし口ごもる。どこから話したものか。いや、今さらなにかを誤魔化《ごまか》したところで意味はないのだろう。

有紗に総司のことを話さなくなったのは、彼と関わることに反対されて以降だ。

それからどういう交流を続けてきたのか、その中でなにを思ったか、包み隠さず打ち明けた。越えてはいけないラインを自分から再び踏み越えてしまったことも、昨夜と今朝の出来事も。

すべてを話し終えると、有紗は腕を組んで悩ましげにうめいた。

「なにそれ……いつの間にそんなことになってたの？　和香って時々思い切ったことするよね」

思い切ったこと、というのがなにを指しているのか分かって、和香はきまり悪さに視線をさまよわせる。

「えっと、その……ごめん。有紗は総司と会うことに反対してたのに……結局こんな話を聞かせちゃって」

親身な助言を完全に無視しておいて頼りたいときだけ頼るだなんて、友人を都合よく利用するにもほどがある。

下を向いて身を縮こまらせていると、やれやれというようなため息が聞こえた。

「それは、話しにくい空気を作っちゃった私も悪いわ。ごめん。最初は反対しちゃったけど、私、宗像さんのことは考え直したの。和香が宗像さんを拒絶できないのはしかたがないなって。ちょっと悔しい気持ちはあったけどね」

「悔しい……？」

顔を上げた和香が目を瞬かせると、有紗は苦笑した。それからサンドイッチを食べていた手を止めて、視線をテーブルの隅へ流す。

「ねえ、和香。私たちは親友でしょう？　私は、和香が困っていたら、いつでもなにを置いても駆けつけたいと思っているよ」

突然に率直な言葉をぶつけられ、和香は面映《おもは》ゆい思いに駆られる。だが、その気持ちは自分だって同じだ。

「……うん。私も、有紗が困っていたら、できる限り力になりたいと思ってるよ」

そうやって二人は協力し合い、今日までともに店を切り盛りしてきたのだ。

だが、その返事を聞いても、有紗はかすかに口元で微笑んで見せただけだった。その表情には諦めのような色が浮かぶ。

「でも、私はこれから結婚する。そしたら家族ができるでしょう。子供だって生まれる。和香のことは後回しにしなくちゃならなくなる。どれだけ大切に思っていても」

「……うん」

それは、しかたのないことだ。大切なものが多くなればなるほど、そこには優先順位が生まれる。一人で抱えていられるものなど、たかが知れているのだ。

有紗もそれは分かっているのだろう。だからその表情は、思い詰めているというより、ままならない現実への達観のようなものが見え隠れしていた。

「和香は、いつでもそばに寄り添ってくれる家族がほしいんだよね。そして私はそれを叶えてあげられない。だから、黙って見守っているしかないの。宗像さんのことも。それしかできないんだなっていうのが、しばらく考えて出した私の結論」

その声音がとても寂しげに響いたので、和香はつい語調を強めた。

「有紗には、十分よくしてもらってるよ。なにもかも失った私の居場所を作ってくれたのは有紗じゃない」

もし有紗がアンティークショップを一緒にやろうと誘ってくれなかったら――想像す

るだけで不安が込み上げる。きっと自分はもっと苦労して心細い思いをしていたに違いない。

和香の孤独は心の深いところに根付いていて、ほかに優先すべきもののある彼女では完全に取り除くことができない。だが、それでも。

――有紗は私のそんな寂しさに気づいてくれていたし、有紗にできる形で寄り添ってくれていた。

ふと、パーティーで再会した先輩と同期のことを思い出す。二人とも和香のことが心配だったと言っていた。森川だって、ずっと気にかけてくれていたからこそ、近くに転勤してきてすぐに声をかけてくれたのだろう。

心を閉ざし、一人で塞ぎ込んでいた己が急に恥ずかしくなってきた。一番に求めるものは得られなくとも、自分は一人ぼっちなどではなかったのに。

「お店に誘ったのは、私が純粋に和香とアンティークショップをやりたかったからだけどね。――でも、そっか。私も支えになれてたか。なら、いいかな」

有紗がさっぱりした様子で頷き、屈託なく笑うので、和香まで救われたような気持ちになる。

彼女はそれで気が済んだらしく、食べかけのサンドイッチに再び手を伸ばしながら「それで？」と首を傾げた。

「宗像さんが離婚してたなら、問題ないじゃない。和香はなにをそんなに思い悩んでるの？」

「それは……」

即座に答えが形にならなくて言いよどむ。

問題ない。それはそのとおりだ。

ならば自分はどこに引っかかっているのかと言えば、総司がそれを黙っていた理由にほかならない。もっと言うなら――

「離婚のことを教えてくれなかったってことは、私とやり直すつもりは、さらさらなかったんじゃないかって……」

森川も会社で事務的に伝えられたのを最近聞いただけなので、離婚の詳しい経緯は分からないという。ただ、離婚そのものは去年のことだったらしい。

再会した当初から、自分たちの関係は不貞行為にはあたらなかったということだ。だったら最初にそう言ってくれれば話はもっと簡単だったはずだ。総司への想いに葛藤をいだく必要もなく、ただの一人の男性として彼を見ることができた。告白だってもっと素直に受け入れることができただろう。

それなのに、離婚の事実を和香に隠しておきたかった理由があるとすれば。牽制《けんせい》
「奥さんの存在を……私に対する牽制《けんせい》にしていたのかもしれない。少なくとも、

になってもかまわないと考えてたってことでしょう？　結婚してる相手を好きになれば、誰だって葛藤するもの。総司は私のことを好きだとは言ったけど、『やり直してくれ、とまでは言わない』って言ってた。それって単純に総司がやり直したいと思ってなかったからこそ出た言葉なんじゃ――」

「待って待って待って、ストップストーップ！」

一人でどんどん悪い方向に考えてしまいそうな和香に、有紗が大きな声で制止をかけた。

落ち着けということなのか、目の前にずずいっとコーヒーのカップが押し出される。ちなみに和香のコーヒーはミルクと砂糖が三つずつ入っている極甘仕様だ。こくりと一口飲み、親友が頭に糖分を行き渡らせるのを見届けて、有紗は言い聞かせようとするように指を一本立てた。

「いい？　宗像さんは支社で偶然再会したときも結婚指輪をしてたんでしょう？　和香と会う予定もなかったのに。森川君が離婚について聞いたのも最近だっていうし、たぶんなにか和香とは関係ない事情で離婚のことは伏せる必要があったんだよ。それに宗像さんは話があるって言ってたんでしょう？　もしかしたら次に会ったときに離婚のことを教えてくれるつもりだったのかもしれないじゃない」

「それは……そう、かも……」

ネガティブ一直線だった思考から和香はふっと浮上する。

有紗はそれを見て、「でしょう？」と小首を傾げた。

「大体、宗像さんがどういうつもりだったかなんて、こんなところでいくら考えても正解が分かるわけないでしょ。知りたいなら、聞きに行きなさい。後悔したくないなら、ちゃんと自分の気持ちを伝えなさい。私に言えることはそれだけ」

ぴしり、と人差し指が鼻先に突きつけられる。でもすぐには頷けない。

そうやって会いに行って、もし悪い予想が当たってしまっていたら……

臆病な自分がなおも二の足を踏む。だが、目の前の親友は本当にそれ以上の助言をする気はないようだ。

「……振られたら、今度こそお店に出られないくらい目が腫《は》れちゃうかも」

「そうなったら店番くらいは代わってあげる。その代わり裏の仕事は全部押しつけるけどね」

甘やかすばかりではないその言葉が、最後のひと押しになった。

彼女にかかる迷惑が最小限で済むのなら、あとは自分と総司の個人的な問題だ。

和香の覚悟が決まったのを、その表情から見て取ったのだろう。有紗は安堵《あんど》したように口端を上げる。

「それじゃ、私はそろそろ休憩時間終わるし、お店に戻るからね」

のろのろとサンドイッチをかじっていた和香よりもずっと早く食事を終えていた有紗は、テーブルの上を片付けて立ち上がる。しかし、休憩室を一度出ていったかに見えた彼女は、思い出したようにドアからひょっと顔を出した。

「そうそう、事務室の机の上に忘れ物があったよ。宗像百貨店の封筒、和香の私物でしょう? 片付けておいてね」

その言葉を最後に、今度こそ部屋を出ていく。

昼食を食べ終えた和香が事務室に行くと、机の上には確かに自分宛てに届いた郵便物の封筒があった。封はすでに切られている。それにもともと入っていたのは、昨夜のパーティーの招待状だ。どうやら昨日、自分は招待状だけを取り出して、封筒はここに置きっぱなしにしていたらしい。

手に取って、中に残っていたものをなにげなく取り出した和香は、その中にパーティーとは関係ないものもいくつか含まれていることに気づく。

少し厚めの横長の紙が何枚か。表に美しく印刷されているのは有名な絵画や歴史的な遺産の写真だ。電話で話したときに森川は、企画の関係で手に入った展覧会のチケットも一緒に送ると言っていたから、これらがそうなのだろう。

数枚のチケットを順番にめくっていった和香は、そのうちの一枚を目にして息を呑む。記載された展示期間を素早く確認して、その企画展が始まったばかりだと知るや否や、封筒ごとチケットをバッグに押し込んで店を飛び出した。

目指すのは県内一の規模を誇る美術館だ。電車を乗り継いで行けばさほどの距離ではない。

到着した建物を見上げると、大きな白い壁面が陽光を反射してまぶしく輝く。入り口の案内に従ってフロアを上がっていくと、目的の会場の前には企画展の目印となるパネルが大きく設置されていた。

五年前に催《もよお》されていたものとは違う、別の企画だ。それは理解している。

けれど和香の胸には、ようやく来られた、という思いがどうしても込み上げた。

パネルに大きく描かれているキービジュアルは、『サン＝ベルナール峠《とうげ》を越えるボナパルト』――ナポレオンの絵画だ。総司と二人で見るはずだったそれ。

不意に脳裏に、一緒に行こうと約束を交わした日のことが鮮明によみがえった。

初々しかった二人。純粋な気持ちで好き合っていた二人。

この五年間の出来事は、自分たちを決定的に変えてしまったのだろうか。

――いいえ、少なくとも私は、今でも真っ直ぐに総司を想っている。

総司はどうだろうか？

離婚のことは黙っていたけれど、そばにいてくれた。受け入れてくれた。幸せを願ってくれた。

彼の本当の気持ちを知りたい。

そのとき、ふと懐かしい香りが鼻先をかすめた。深い森のような、まるで彼自身を表すような香り。

「和香……」

呼びかけられた声に肩が震える。

振り返ると、今まさに胸に描いていたその人が、驚きに瞳を大きくして、和香の背後に立っていた。

回想Ⅴ『そばにいたかった』

「今日、社長の奥様から呼び出されて、手切れ金を渡されそうになったの」

震える声で和香にそう聞かされた日のことは、今でも忘れない。

もちろん拒否したと彼女は言った。だが、自分の勤める会社の権力者に一人で歯向かうのは恐ろしいことだったに違いない。

あの母は我が強く執念深い。自分の意をなにがなんでも通そうとする。だから、政略結婚の話を持ってきた段階から、まずい流れを感じてはいたのだ。

総司は己の見通しの甘さを悔いた。自分が頑として受け入れないなら、次に和香が標的になることは十分に予想できたはずだった。

だが、予想できていたとて、打てる対策はあまりにも少ない。総司だって四六時中彼女のそばに付き添っているわけにはいかないのだ。今回のように仕事で不在にしている間を狙われては、なすすべもない。

だから、和香にはまさか手を出さないだろうという思考は、油断というよりも期待に近かったのかもしれない。自分の母がそこまで性悪だと思いたくないという気持ちもあった。結局、それらは裏切られてしまったわけだが。

状況はそこから悪化の一途をたどる。

長男に代わって跡取りに指名された次男に、縁談が持ち込まれているらしいという話が社内に広がったのもその頃だ。おそらく噂の内容をコントロールしていたのも母なのだろう。

「いいご縁なのに、御曹司の肩書き目当てで恋人の座に居座っている女のせいで、話を進められず困ってるそうだ」

和香の人柄や総司との関係性を知らない多くの社員たちはその話を鵜呑《うの》みにした。彼女の美しすぎる容姿と、表情が乏《とぼ》しくて近寄りがたい雰囲気も悪い方向に働いたようだ。美貌を武器にして玉の輿《こし》を狙ういけ好かない女だと、特に女性社員の反感を買ってしまった。

和香は社員食堂など人の集まる場所をことさらに避けるようになった。

「周りの視線が、気になって……。私のことを悪く言ってるように思えるの……」

そう言葉少なに総司にこぼした。

だがその実、彼女を最も追い詰めたのは仕事上の嫌がらせだった。不運なことに、母に迎合している親族の重役の一人が和香の所属部署である宣伝部上がりで、そこと太いパイプを持っていたのだ。

「デザインへのダメ出しが多くて……」

急に残業が増えた理由を問いただすと、よほど言いづらかったのか、答える口調は重かった。

それまで彼女のデザインは社内でも評判がよかった。タイミングを考えれば、母の息のかかった人間が難癖をつけているのだろうことは容易に想像できた。

要するにパワハラだ。だが、和香は事を荒立てることを避けた。

「私が文句のつけようもないデザインを突き返してやればいいだけだから」

そう強がって見せたものの、デザインにプライドとこだわりを持っている彼女にとって、延々とやまない修正の数々は神経をすり減らすのに十分だった。総司は証拠をそろえて会社の人事部などに相談することを検討したが、対象がデザインという捉えどころのないものだけに、不当に過大な要求を押しつけられていると証明することは困難だった。

どんどん憔悴《しょうすい》していく和香を見るにつけ、総司は母と、母のやりようを傍観するだけの父に怒りを強めた。

実際、会社を辞めて親族と縁を切ることまで考えた。だが、その行動に踏み切れなかったのは、一族が経営する企業で求められる役割をまっとうすると誓った過去があったからだ。

十八歳だった総司が大学受験を前にして進路に迷っていたときのことだ。高一だった妹の真由《まゆ》に初めて彼氏ができたことが家族に発覚し、母と娘の間で大喧嘩が起きた。娘を家柄のいい男に嫁がせるつもりでいた母は、その彼氏が平凡な一般家庭の育ちであると知るなり別れることを強要した。

三兄弟の中で一人だけの女の子ということも妹にとっての不幸だったのだろう。母は、いつか良家に嫁入りするのだからと日頃から妹の身だしなみや振る舞い、言葉遣い、細かい仕草に至るまで口うるさく指図した。それらが積み重なって、とうとう妹の堪忍袋《かんにんぶくろ》の緒《お》が切れ、かつてない喧嘩に発展した。

そこで総司は、妹を哀れに思って提案したのだ。どうせ自分は宗像の一族から逃れられない。

『俺は母さんの望むように宗像の会社に入って兄貴を支えるから、真由は自由にさせてやってほしい』

進路もそれで決まった。好きだった歴史を大学で学ぶことは諦め、将来会社の役に立てるように経済や経営を専攻する道を選んだ。

和香とともに会社を捨てることは、そのときの誓いを破ることになる。

彼女だけ会社を辞めさせて、交際は継続するという選択も考えないではなかった。だが、いずれ結婚するのなら、親戚付き合いは避けられない。ここで大きな禍根《かこん》を残したままあの母と嫁姑関係をうまく築けるとは思えなかった。

——和香を救うには、俺が手放すしかない。俺じゃ和香を幸せにできないんだ……

それを認めることは、総司にとってとてつもない苦痛を伴うことだった。

寂しいくせに、その気持ちをうまく表に出せなくて、いつも平然とした顔をしている不器用な彼女。こちらから強引に踏み込んでいくくらいでないと、甘えることさえできない。

そんな態度は家族に対していだく疎外感に端を発していて、自分という存在を丸ごと受け止めてくれる愛情に和香は飢えていた。それでも気丈に、平気そうに振る舞う姿が愛おしくて、健気で、そばにいてやりたいと思った。

総司の一生は宗像の一族に縛られている。

だが、プライベートは別だ。仕事以外の人生は和香に捧げよう。祖母の葬式から和香が帰ってきた日、泣きじゃくる彼女を抱きしめながら、そう決意したはずだった。約束したはずだった。

――なのに。

もう別れるしかない。どれほど考えても結論はそこにたどり着く。

せめて和香がこれからの人生で、たった一つの約束も守れなかった情けない元カレの存在を引きずることがないよう、静かに別れを切り出した。

あの雨の日、カフェでの別れを最後に、和香との連絡を断った。

間もなく彼女が会社を去ったことは、人づてに聞いた。

退職するだろうことは分かっていた。だが、そのとき初めて総司は気づいた。自分がなにを彼女から奪い去ったのか。

『百貨店の仕事は、面白いよ』

そう語っていた姿を思い出す。表情は相変わらず分かりにくいものだったが、声は心なしか明るくうきうきとしていて、心からデザインの仕事を好んでいることが伝わってきた。

『大企業に勤めていれば祖母も安心してくれるし』

そう話すほどに大切に思っていた祖母はもうこの世にいない。大変な就職活動を耐え抜いてようやく掴みとった仕事も、ほんの二年で手放さざるをえなくなった。社長の息子という厄介な立場の人間を恋人になどしなければ、職まで失うことはなかったはずなのに。

——俺のせいだ。俺が関わろうとしなければ、和香は好きな仕事を続けて、安定した暮らしを送れたはずだ。

そばにいると約束したくせに、総司はそれを破って和香を一人ぼっちで投げ出した。

せめて次の職が決まるまでは一緒にいてやればよかった。今さら後悔しても遅い。

——誰でもいい、誰か、和香のそばにいてやってくれ。

もはや祈ることしかできずにいたから、彼女が友人とともにアンティークショップを始めたらしいと聞いたとき、全身から力が抜けるほどに安堵《あんど》したのだ。

佐伯《さえき》有紗という名の親友のことは少しは聞いていた。素人がショップ経営を始めるという点に心配もなくはなかったが、佐伯家はそこそこ名のある家柄だ。その庇護を受けられるなら、路頭に迷うことはあるまい。

あとは、和香の孤独に気づいてやれる懐《ふところ》の深い男と出会えれば、きっと彼女は幸せになれる。

自分でない相手と和香が結ばれる。そんな未来を想像するだけで身を焼くような嫉妬に苛《さいな》まれた。

だが、総司にできることはもはや、彼女の幸せを願うことしかなかったのだ。

箕輪初穂と初めて会ったのは、和香が退職し、御曹司の結婚を巡る社内の噂が沈静化してきた頃合いのことだった。

立派な日本庭園を備えた料亭で顔合わせの席が設けられ、互いの父を交えて食事をした。

最初にいだいた印象は「日本人形のような女性」。肩にかかるくらいで切りそろえられた黒髪が艶やかで、淡い橙色《だいだい》の地の着物に吉祥文様《きっしょうもんよう》が映えていた。

初穂は出された食事を少しずつ口に運びながら、父たちの間で弾《はず》む会話に静かに耳を傾けていた。その様子からは、思慮深く奥ゆかしい人柄が窺《うかが》えた。

和香に対していだくような愛おしさを覚えることはなかったが……。

それは目の前の女性に限ったことではない。和香を手放してからの総司は、なにに対しても無感動だった。心の中は空虚で、特別な感情が湧き上がらない。ただ自分に与えられた務めを果たそうと、それだけを考えていた。

それでも、これから長く人生をともにするかもしれない相手には真心をもって応じるべきだろう。

そう考えて、食事のあと、二人で散歩するように送り出された庭で彼女に声をかけた。

「私がこの縁談のために、つい最近恋人と別れさせられた話は聞いていますか？」

単刀直入に切り出してはいるが、この件を結婚相手に話すべきかどうかは、総司もずいぶんと悩んだのだ。だが、実際に対面した初穂の瞳は、なにもかもを受け入れると決めているかのように強い覚悟の光を帯びていた。それで心が定まった。

上っ面だけを取り繕《つくろ》ってよい夫を演じるよりも、正直に胸の内を打ち明けることが、彼女に対して誠意を尽くすことになるだろう。

庭園には満開を少々過ぎた桜が咲いていて、ときおり花びらがひらひらと舞い落ちていく。その様を眺めていた彼女は、しばし黙考したあと、「はい」と頷いた。それから、上向けていた視線を下ろして、総司と正面から向かい合う。

「結婚したからといって、すぐに総司さんと本当の夫婦になれるとは思っておりません。ですが、いずれはそうなれたらいいと思っております」

そう語る表情は緊張に強ばり、多分に気負っている感じはあったものの、そのはっきりとした口調からは、自分に与えられた役割を前向きに受け止めようとする意思が伝わった。

一方の総司は、彼女との婚姻について自分の中でどう折り合いをつければいいのかもまだ分からないでいる。

この結婚さえなければ、和香と引き裂かれることはなかった。彼女をひどく傷つけ、孤独にさせることもなかった。

そう思うと、せっかくの慶事《けいじ》も恨めしいものとしか捉えられなくなる。

初穂は一つ年下で、このとき二十三歳だった。一族の経営している企業に入社して一年になるらしい。

「五年」

総司は唐突にその数字を口にした。

「五年だけ……時間をください。その間に私は、あなたと家族になれるよう努力します。それでダメなら、離婚しましょう。あなたを受け入れられないのに、いつまでも私に縛りつけておくのは忍びない」

初穂はすんなりとした白い手を頬に当てて思案した。

「離婚なんて……そう簡単に認められるでしょうか。今だって私たちは親に決められた結婚を拒むことすらできませんのに」

「この政略結婚の目的は、宗像と箕輪の結束を確固たるものとすることでしょう。企業の間に強い結びつきが成立すれば、婚姻を維持する必要性はなくなるはずです。それに、実際に結婚生活を五年送ってもうまくいかなかったという事実を突きつければ、親たちも納得せざるをえないでしょう。なにより、跡継ぎが生まれないことが宗像家では問題になります」

加えて、この縁談を一番熱心に推し進めた母の最大の目的は、和香を会社や総司の周囲から放逐《ほうちく》することにあったのだ。それは二人が別れた時点で達成されている。

五年後、初穂は二十八歳だ。それから人生をともに歩める本当の伴侶を探しても、遅すぎるということはないだろう。

顔を合わせたその日に離婚の話をするなんて、これほどひどい婚約者もそうはいるまい。だが、和香の存在が深く胸に刻まれた総司にとっては、これが最大限の誠意だった。

非難されるか、怒りをぶつけられるか。そんな展開も覚悟した。しかし意外なことに、初穂から返ってきたのは小さな苦笑だった。

思わぬ反応に瞠目《どうもく》して凝視していると、彼女の顔からは儀礼的な笑みが剥がれ落ち、代わりに申し訳なさそうな色が浮かぶ。

「思うところを率直に打ち明けてくださって感謝いたします。正直、私もこの結婚にはあまり乗り気ではありませんでした」

「それは……」

総司がおそるおそる問いかけを発する前に、初穂はきっぱりと首を横に振った。

「私にはもともと恋人はおりませんから、誰かと無理に引き裂かれたということはありません。……ですが、幼い頃より想う方はおりました」

白い額《ひたい》で優美な曲線を描く眉の間に、一瞬ぎゅっと力がこもる。その相手とは今いったいどういう間柄にあるのか、立ち入って聞くことははばかられた。だが、おそらく初穂はその恋心をまだ大切にしていたいのだろう。

彼女は少し肩の力が抜けた様子で言った。

「家族になる努力までしていただく必要はありません。一緒に過ごす間に自然と心惹かれることがなければ、別れましょう。それでよろしければ、総司さんの提案を呑みます」

それはほとんど、五年後に離婚すると決めたようなものだった。

こうして、色気の差し挟まる余地など全くない、新婚というよりは同居と言うべき二人の生活は始まったのだ。


結婚してからの総司は、宗像と箕輪の提携のために邁進《まいしん》した。仕事に没頭することで、和香を失った心の痛みを誤魔化《ごまか》していた部分もあったのだろう。休息の時間を惜しんでも効率を落とすだけだ。頭では理解していても、感情は理性の声を聞かなかった。

結婚して移った新居には寝に帰るだけという日々が続いた。

毎日帰宅が深夜になる夫を、しかし初穂は律儀に起きて待っていた。ある夜、総司が「起きている必要はないと言っているだろう？」と告げると、彼女は憤慨《ふんがい》した。

「そう言われましても、食事もせずにスーツを脱ぎ散らかして寝るだけの夫を放置しているわけにはいきません。ここには使用人もいないのですから、あなたの体調や衣服の管理が行き届いていなければ、それはすべて私の責任になるのですよ？　先に寝ていてほしいなら、せめて食事をとって、脱いだスーツはかけて、最低限自分の世話はしてくださいませ」

表面的にはあくまでも自分が迷惑なのだという言い方ではあったが、その奥にある心配の気持ちは伝わった。

このときまで総司は、提携にさえこぎつけられれば自分の身体がぼろぼろになってもかまわないとさえ思っていた。だから、彼女の言葉を受けて反省した。

それからは、自分の身の回りにも少しは気を遣うようになり、初穂も自分の寝たい時間に就寝するようになった。

それぞれがそれぞれのリズムで暮らし、干渉も必要最低限。さながらルームシェアだった。食事くらいはたまに一緒にとったが、とても夫婦とは思えないくらいに関係は淡白だった。互いに気楽に過ごせるという意味では、初穂は同居人としてなかなか悪くなかった。

総司はひたすら仕事に打ち込み、ときおり和香のことを思い出しては胸の痛みに浸り、今どうしているだろうかと案じた。

経営しているショップの名前は知っていたので、まれにそのウェブサイトをのぞき、無事にやっているらしいことを確認して安堵《あんど》した。そしてこんな女々しいことをいつまでもやめられずにいる自分を嘲笑するのだ。

この分では、棚の奥にしまい込んだ品を手放せる日もいつになることか。

――いや、そんな日は来なくていい。

自分の人生は会社と和香に捧げたのだから。

できることなら、初穂と離婚したらそのままずっと独身で生涯を終えたい。そんなふうに感傷的なことを思う日もあった。

転機は五年を待たずにやってきた。和香と引き裂かれた春から、実に四年半が過ぎようかという頃。

宗像と箕輪の業務提携が本格的に動きだし、総司はその功績によって昇進が決まった。上層部は、国内の支社の一つを任せてみようという方針で人事の調整を検討しはじめ、転勤はほぼ確定となった。

それを初穂に話すと、彼女は軽く頷き、さらりと申し出た。

「離婚しましょうか」

「……まだ約束の五年には半年残っているが」

「でももう、十分でしょう？」

居間のテーブルを挟んで座っている名目上の妻は、特に感慨もなさそうにそう言う。

確かに十分だ。あと半年、こんな淡白な同居を続けたところで二人の間に愛が芽生えているとも思えない。業務提携も、離婚したからと話が立ち消えるような段階はとうに過ぎている。

「支社に転勤になるなら、引っ越しが必要になるでしょうから、いいタイミングだと思います」

初穂は結婚してからも会社勤務を続けている。彼女もまた箕輪側の担当者として業務提携に尽力したうちの一人だった。自身も仕事を抱える身では、総司について地方に居を移すことはできない。

「……そうだな。ただ、離婚のことは、しばらくはごく身近な人間に知らせるだけにとどめたほうがいいだろう。業務提携についてははっきりした発表がされる前に離婚の事実が広まれば、提携が決裂したと憶測されて株価などに影響を及ぼしかねない」

「分かりました。それでかまいません」

離婚に対する反対の声は全くと言っていいほど上がらなかった。四年半をともに暮らしているのに子宝に恵まれる気配すら見えなかったのを、両親をはじめとした親族たちも密かに懸念していたらしい。

そうして二人の離婚はあっさりと成立した。

初穂が出ていき、がらんとした部屋を見て、総司は立ち尽くす。胸に込み上げるのはやるせない思いだ。

——和香と俺を引き裂いた結婚という枷《かせ》は、こんなにも容易《たやす》く外れるものだったのか……。

それでも、あの頃の二人になすすべはなかった。そして、手放したものはもう戻らない。感情を凍らせるようにして仕事だけに生きてきた総司にとってこの四年半はあっという間だったが、和香にとってはきっと違うだろう。

新しい土地で、新しい生き方を見つけ、新しい出会いがあったはずだ。

自分はもう、彼女にとって過去の人間なのだ。

和香の中で綺麗な思い出になることを望んだのは総司だ。自分のことを引きずってほしくなくて、早く幸せを掴んでほしくて、そうした。

だが、こうして独りになると、別れたときから一歩も前進できていない自分をいやでも思い知る。

それでも、和香が掴んだであろう幸せに横槍を入れることは絶対にしたくなかったから、会いに行こうとは思わなかった。転勤することになった支社が、彼女が経営するショップの近くであっても、それは変わらない。

顔を見れば、想いが決壊してしまう予感があった。だから、決して会いに行ってはいけないと己を戒《いまし》めていた。

なのに、予想外の出来事というものは本当に突然起こるものだ。

転勤前に出張で訪れた支社に、まさか彼女も同じタイミングでやってきていたなんて、夢にも思わなかった。

第六章　アンティークの指輪

目の前に、和香が立っている。総司は信じられない思いでその姿を見つめていた。

『総司はもう、いらないの』

鋭い言葉で冷たく切り捨てられたのは、今朝の出来事だ。

しかし今、彼女の背後に見えるパネルには、過去に二人で行こうと約束した美術展と同じキービジュアルが描かれている。

「和香……どうして、ここに……？」

ほとんど無意識に質問が口から出ていた。

もしかすると和香も、自分と同じような理由でここにやってきたのかもしれない。

あれほどはっきりと突き放されたのに、性懲《しょうこ》りもなく期待してしまう自分に内心で苦笑した。

彼女も総司がここにいることに相当驚いているらしく、振り返ったときから微動だにできずにいる。

「森川から、チケットを、もらって……」

その口から出た男の名に、思わず鼻白《はなじろ》む。だが、その点について言えば、自分だって同じだ。

この展示会の存在を知ったのは、しばらく前に森川と社内で顔を合わせたときに、彼がたまたま開催告知のフライヤーを持っていたからだった。

総司がそれに興味を示すと、手持ちのチケットを一枚譲ってくれた。その態度にしぶしぶといった様子が見えたのは、和香にもすでにチケットを渡していたからなのだろう。

森川が和香に好意をいだいていることには薄々気がついていた。彼にしてみれば、彼女と総司が同じ場所に居合わせる要因を自ら作るのは、たとえその可能性がわずかであったとしても避けたかったに違いない。

――昨日、本当に森川と寝たのか？

口をついて出そうになった台詞を、ぐっと呑み込んだ。そんな直截《ちょくせつ》な問いを発するには、あまりにもこの場は相応しくない。

逡巡《しゅんじゅん》の末に、別の内容を口にする。

「……一緒に、見て回っても、いいか？」

さりげなく聞こえるように努めたものの、心は柄にもなく緊張していた。まるで、思春期の男子が好きな女の子を初めてデートに誘うときのように。

和香は一瞬泣きそうな顔になり、それからゆるりと口元を綻《ほころ》ばせた。

「うん、いいよ……」

その控えめな微笑に、心臓が震えるような心地がした。思わず手を差し伸ばしたくなる。そんな欲求を必死にねじ伏せ、「行こう」と身体の向きを変えた。

チケットをスタッフに見せて会場に入ると、美術館特有の真っ白い壁が二人を取り囲む。そこに適切な距離を空けてかけられているのは、西暦一八〇〇年前後に描かれた絵画たちだった。

この企画は、ナポレオンが生きた時代の絵画、彫刻、工芸品をメインに扱い、その時代に育まれた文化に触れることがコンセプトになっている。まずは絵画でその時代背景について大まかなイメージを持たせ、そのうえで彫刻や工芸品を鑑賞させるという構成のようだ。

二人は一つ一つの絵画の前で立ち止まり、その筆致を丁寧に味わった。不思議となにを見ても鑑賞のペースが同じくらいになるのは、過去の経験から分かっていた。だが、着目するポイントは驚くほど違う。

総司は基本的にその作品の歴史的背景に思いを馳《は》せることが多いのだが、和香は画面の構成や表現などの描き方に注目する。

だからかつては、それがどういった時流の中で制作されたものなのかを自分が語り、その作品で特徴的と思われる表現について彼女が説明するといったことを、美術展や博物館ではよくやっていた。そんなふうに、互いの知識を持ち寄って同じものを眺めるということがとても楽しかったのだ。

だが、今は二人とも黙りこくって、それぞれに作品を鑑賞している。

二つ目の展示室に入ったあたりで総司はなにげなく口を開いた。

「これはナポレオンがエジプトを征服したあと、シリアまで進軍したときの戦いを描いたものだな」

「……この白馬に乗ってるのがナポレオンだよね。全体が緻密に描き込まれてるけど、ちゃんとそこに目が行くように構図が計算されてる」

そのやりとりはあまりにも自然で、こうして二人で美術品を見るのが五年ぶりだとは信じられないほどだった。静かに交わすやりとりが心地よく、胸にじわじわとした感慨をもたらす。

その一方で、芸術に触れていきいきと輝く彼女の表情を見つめることは総司にとって心苦しいことでもあった。

込み上げるのは、後悔の思いだ。これほど芸術を愛している和香から、自分はデザイナーの仕事を奪ったのだ。佐伯家の庇護があるから大丈夫だなどと安心していた過去の自分を殴りつけたい。

——どこが大丈夫だ。

二人で海に行った日、美しいものに素直に感動する余裕すらなくしていたのだと和香は語った。この五年間、どれほどの苦労を重ねてきたのだろう。

彼女をぼろぼろに傷つけたまま放り出して、幸せになっていてほしいなどと願っていた自分の無責任さには、ほとほと呆れる。本当に幸せを願うなら、きちんとそばにいて、その姿を見届けてやらねばならなかったのに——

じっくりと時間をかけてすべての展示を見終えると、和香との間に束の間戻っていた和やかな空気は、気まずいものへと変わった。

展示室を出た先にあるスペースは開放的で明るいのに、そこに立ち尽くす二人の表情は煮えきらない。

一緒にいる口実は、もうなくなってしまった。

それでも離れがたい。なのに、相手をどう引き止めていいのか分からない。

総司は和香と森川の関係を確かめたかった。

幸せだと言った言葉は本心なのか。自分がそばにいなくても本当に平気なのか。

だが、それを聞いてしまって、真実自分が彼女にとって不要な存在であることを突きつけられることが恐ろしくもあった。

息が詰まるような沈黙が続く。

ふと和香の視線が、総司の身体の横に垂れ下がっている左手に注がれた。

そこではっとした。今日は指輪をつけていない。

昨夜のパーティーで、業務提携が本格的に動きだしていることは対外的にも明らかにされた。だから、指輪をつけている必要はもうなくなったのだ。

和香が顔を上げ、すがるような眼差しでこちらを見た。

「どうして、離婚してるって、教えてくれなかったの？　私が苦しむって、分かってたでしょう……？」

その目元に涙がにじんでいるのに気づき、思わずその小さな頭を己の肩に引き寄せた。

こんな人目のある場所で泣き顔をさらさせるようなことをしたくなかった。

「場所を変えよう」

そう告げて、パーキングに停めていた自分の車まで和香を連れていく。

「俺の自宅でかまわないか？」

彼女は素直に頷いた。

支社長に就任するにあたって総司は市の中心部にほど近い高層マンションの一室を借りていた。

部屋に招き入れられた和香は、はじめこそ緊張した様子を見せていたが、リビングのL字ソファに座るよう促すと、すぐに話を聞く態勢になった。角を挟んだ位置に腰を下ろしたこちらに突き刺さりそうなくらいの視線を向けてくる。

車を運転している間になにから話すべきか思案していた総司は、求められている答えを口にする前に尋ねた。

「先に確認させてくれ。森川と寝たっていうのは……嘘か？」

もしも和香が森川と真剣に付き合うというのなら、それを祝福すべきだ。

森川は信頼できる男だ。総司自身はどちらかと言うと嫌われているようだが、彼女に対する好意は本物だろう。彼を選ぶなら、和香はきっと幸せになれる。自分は黙って身を引くしかない。

――そうなったら、和香への想いは一生胸に封印していよう。

そんな悲壮な覚悟は、しかしすぐに不要のものとなった。和香の首がはっきりと肯定を示したからだ。

膝元に視線を落とし、彼女はおずおずと口を開く。

「昨日は、泊まってもらっただけなの。支社のパーティーの途中で、私が熱を出しちゃったから。森川が送ってくれて、看病してくれて。でも……なにもなかった」

その瞳がほんのわずかに揺らぐのを目にして、どうやら全くなにもなかったわけではないらしいと総司は感づく。だが、和香がそう言うのなら、自分が気にかける必要のないことなのだろう。そう判断して、森川のことはもう考えないようにした。

「熱は？　もう大丈夫なのか？」

「あ、うん。いっぱい汗をかいたからか、朝にはすっかり」

「そうか」

ホッと息を吐き、あらためて彼女の発言を吟味《ぎんみ》する。

「支社のパーティーに出てたってことは、本社のパーティーで行われた業務提携の発表も中継で見たんだな」

確認するように尋ねると、形のいい唇がきゅっと引き結ばれた。それからこくりと頷く。

「……うん。だから、やっぱり総司とは一緒にいられないと思った。でも今朝……あのあと、森川から聞いたの、離婚のこと。どうして、言ってくれなかったの？」

そう語るうちにも、和香の目には涙が盛り上がる。たくさん苦悩させてしまったことを痛感して、たまらずそばに近づき、細い身体を抱き寄せた。

「つらい思いをさせた……ごめん」

背中を撫でると、彼女は腕の中で肩を震わせ、すんすんと泣いた。総司の着ているシャツをぎゅっと握り、もう一方の手では抗議するように胸を叩く。そして涙声で「教えて、理由」と急かした。

赤くなっているその目は近くで見ると少々腫《は》れているのが分かって、胸がずきりと痛む。

「すぐに言わなかったのは、箕輪デパートとの業務提携が正式に発表されるまで、離婚していることを隠している必要があったからだ。プライベートな事情であっても、政略結婚したはずの二人が離婚していたと分かれば、周囲はなにかと憶測するから」

まずは仕事上の事情を説明したが、見上げる彼女の目は全く納得していなかった。

当たり前だ。すぐに言わなかった理由はそうであっても、なら和香に真実を告げたうえで口止めすればよかった話なのだ。彼女を苦しませ続けてもなお黙っておく理由にはならない。

「何度か、言おうとはしたんだ……」

一度目は、支社で再会したあと、ホテルでともに夜を過ごした翌朝。和香をつなぎとめたくて、想いを告げた。そのとき離婚していることを言おうか迷った。

だが、情を交わしたあとで言い訳のようにそれを打ち明けるのは、卑怯な男の小狡《こずる》い嘘のように思われる気がしたのだ。会社にも関わることなので、そう簡単に他人に教えるわけにもいかず、そのときは踏み切ることができなかった。

二度目は夜の埠頭《ふとう》で話した日。和香にそばに置いてくれるように乞い、承諾を取りつけたあとで、彼女が罪悪感に苛《さいな》まれることがないように離婚の事実を伝えようとした。

しかし、その直前に和香がぴしゃりと言った。

『指輪は外さないで』

その言葉が、総司の胸に波紋を生んだ。

元妻に義理立てしたからこその発言だろう。それは分かっていた。

だが——もしかして、和香にとって、俺が離婚している事実は都合が悪いんじゃないか？

そんな思考がよぎったのだ。

「離婚の事実は……重い。そして離婚の理由に和香は無関係じゃない。やり直すつもりのない元交際相手から、お前のために離婚したんだと聞かされても重荷でしかないだろう？　和香は、再会してからずっと俺を拒み続けていた。お前の気持ちを計りかねていたんだ」

今思えば、自分の振る舞いはいたずらに彼女を苦しめてしまっただけだと分かる。だがそれでも、あの時点では、その気持ちに確信が持てなかった。

一度目のときには感情に駆られるまま復縁を願ってしまったが、総司は和香からデザイナーの仕事を奪い、約束を破って放り出した過去がある。彼女のパートナーに選ばれることはもう無理かもしれないとすら思っていたのだ。

「で……でも！　毎週会うようになってからは、嫌われてるわけじゃないって分かってたでしょう？」

そのときに打ち明けてほしかったという和香の気持ちはもっともだ。

彼女の頬に流れる涙を総司は親指でぐいと拭い、両手でその両頬を包み込んだ。そしてこつりと額《ひたい》同士を押し当てる。

「そばにいたかったんだ……今度こそ」

「え……？」

「お前にその気がないのに、離婚してると伝えてしまったら、お前は俺と距離を置こうとしたかもしれない。そうしたらそばにはいられなくなる。また一人にしてしまう。だから、確実にお前が俺を求めてくれていると分かるまで、言うわけにはいかなかった。……一人にしたくなかったんだ」

最後の言葉は、感情を抑えきれずに掠《かす》れて震えた。

再会してから、ほかの男に泣かされている和香を二度も見た。

なぜ自分は、根拠もなく幸せになっているはずなどと信じることができたのだろう。彼女は今も、こんなに寂しそうなのに。

そのときの激しい後悔が、総司のその後の行動を決定づけた。

和香が孤独でなくなり、誰かと幸せになれるのなら、相手は自分でなくてもいい。だが、幸せを掴むまでは決してそばを離れない。今度こそ、確実に安心できるまで彼女に寄り添い、見守り続ける。

寂しさをまぎらわすのに都合のいい相手として扱われるなら、それでもよかった。今はその役割に徹するべきだと思った。

そのために、誤解もそのままにした。

彼女が自分を想ってくれていると確信できるまで、本当のことは言わない。言えない。苦悩させてしまうことは承知していた。だが、総司にとって一番の優先事項は——和香を一人にしないことだったのだ。

「二人で海に行ったあの日、俺じゃないとダメだと和香に言われて、ようやく離婚のことを打ち明ける決心がついた。だが、ゆっくり話す時間がないまま離れることになってしまった。まさか、お前が支社のパーティーに招待されていたとは……思わなかった」

森川の仕事に協力していたのだから、その可能性は十分あったはずだった。なのにそこに思い至れなかったのは、会社のことと和香を完全に切り離して考えていたせいだ。ゆえに、あの発表の中継を彼女が目にしたらどう感じるかというところまで思考が及んでいなかった。

目の前で和香は唇を噛みしめ、ぼろぼろと涙をこぼし続けている。ときおり喉が引きつるような音まで聞こえて、総司はたまらない気持ちになる。

その身体をかき抱いて、ごめんと繰り返すことしかできない。

「ごめん……本当に。たくさん傷つけて、一人にして、つらい思いもさせた……だが、もし、許してくれるなら……もう一度、やり直してほしい。好きなんだ、和香」

腕の中の彼女が、ぴくっと震えた。それからゆっくりと頭を上げる。

泣きすぎた顔は、化粧が流れて、客観的に見ればひどいものだった。それでも愛おしい。もうこんなふうに泣かせたくはない。和香が幸せになれるなら、自分の幸せは二の次でよかった。だけど、許されるなら——その隣に立つのは自分でありたい。

「和香と付き合っていた頃の思い出は、俺にとっても大切なものなんだ。だけど、それだけあればいいなんて思えない。俺は二人で大切にしていきたい。そしてもっとたくさんの思い出を積み重ねていきたい。それは……もう無理なことなのか？」

彼女がひときわ大きな嗚咽《おえつ》を漏らして、手の甲で乱暴に顔を拭った。

「むり……じゃない……」

涙交じりの声が鼓膜を震わせたかと思えば、細い腕が首の後ろに回ってひしとしがみつく。

「そんなの！　私だって思ってた！　ずっと……」

叫ぶように耳元で告げられて、総司の目元もじわりと熱を持つ。

——ああ、よかった。独りよがりの想いなどではなかった。

「そばにいて。置いていかないで。一人にしないで。ずっと……私といて。一生」

「……ああ。もう一人にしない。一生一緒だ。約束する」

今度こそ、決して誓いは破らない。

和香はそこで感情が決壊してしまったらしく、そのまま腕の中でずいぶん泣いていた。

総司は和香の気が済むまでずっとそうして寄り添っていた。

自分の心を抑圧しがちな彼女はめったに感情をあらわにしない。きっとこの五年間、たくさんの我慢をさせてしまったのだろう。

だからこそ、これからはずっと自分がその気持ちを受け止めてやりたかった。

§

互いの想いを確かめ合ってから、早二週間。

休日であるその日、和香はとある人物に会うために東京にやってきていた。

朝から総司と新幹線に乗り、到着した東京駅すぐのビルにある喫茶店でお茶を飲む。

さほどもしないうちに二人の待ち人は姿を現した。

一人は人のよさそうな、どことなく軟弱な雰囲気のある青年だ。歳は自分たちより少し上くらい。栗色の髪は柔らかそうで、仕立てのいいスーツを着ているのに威厳より親しみやすさを感じてしまうのは天性の愛嬌なのだろう。なんとなく見覚えがあるのは、退職前の会社で何度か姿を目にする機会があったからだ。彼の正体は総司の兄、宗像彰宏である。

だが、彼らの存在に気づいた時点から、和香の視線は彰宏が連れてきた女性のほうに釘付けだった。

彼の隣にいるのは、なにやら迫力のある金髪の美女だった。彫りの深いはっきりとした顔立ちにブルーの大きな瞳は彼女が外国人であることを示している。

なんともちぐはぐな印象のある二人に和香が席に座ったまま目を瞬いていると、正方形のテーブルの真向かいに座った彰宏が朗《ほが》らかに声をかけてきた。

「倉田和香さんですよね。はじめまして、総司の兄の宗像彰宏です」

「は、はい……はじめまして」

挨拶を口にしたあとも視線はついつい彼の隣に向かう。

緩く波打ったたっぷりとした長い金髪がきらきら輝いて美しい。はっきりと引かれたルージュは鮮やかで、華やかな光沢を放つサテンのシャツがなんとも派手だ。だが、ほかのアイテムがそれらを引き立てるようにセレクトされているので、とても決まっている。オーラのある人だな、と和香は思った。

しかし、今日は確か、兄夫婦を紹介してくれるという話ではなかったか……

確認を求めるように総司のほうを向くと、彼は平然とした顔で頷いた。直後、彰宏の説明が入る。

「こちら、僕の奥さん」

紹介を受けるや否や、彼女はにっこりと笑い、その唇から極めて流暢《りゅうちょう》な日本語を紡ぎだした。

「はじめまして、セリーヌです。彰宏とはフランスで知り合いました。和香さんは総司さんのフィアンセなんですってね。仲良くできると嬉しいわ」

ふふふ、と輝かんばかりの笑顔を見せるセリーヌにただただ圧倒される。

そもそもの話は、総司とよりを戻したあと、和香がふと漏らした言葉がきっかけだった。

『総司とやり直すってことは、あのお母様ともうまくやってかなきゃならないんだよね……』

自分を精神的に痛めつけた喜和子の陰湿なやりようを思い出すと、不安を覚えずにはいられない。

彼と一緒にいるためなら、ある程度の努力や辛抱は覚悟のうえだ。だが、親戚付き合いというものは、自分一人が頑張ってどうにかなるものではない。特に、和香は喜和子に嫌われていた。

しかし総司は、少なくとも結婚に関してはすんなり容認されるんじゃないかと楽観的な見解を示した。

聞けば、喜和子は己が押しつけた縁談のせいで息子の戸籍にバツがついたことをずいぶんと気にしているらしい。もちろんあの性格だから、自分の非を認めるようなことは決して口にしない。だが、総司の次の跡取りをどうするかという問題もあるので、本人が見初めて連れてきた女性を門前払いしているような余裕はもうないだろう、とのことだった。

加えて、この五年間で彼の会社における発言力は急速に増しているので、母が一人ごねたところでどうにでもなる。

『それと、実は……』

と、総司は微妙にもったいぶって、ちらりと和香に視線を向けた。

『兄貴が、帰ってきたんだ』

『……え？』

総司の兄、宗像彰宏と言えば、五年前に自分たちが引き裂かれる原因を作った人物でもある。

すべての責任を放り出して行方《ゆくえ》をくらました彼は、和香が会社を離れたときも消息不明のままだった。

『もしかして……この五年間ずっと行方《ゆくえ》知れずのままだったの？』

まさかと思いつつ問いかけると、総司は神妙に頷く。

『うわぁ……むしろそれだけ雲隠れしてて、よく戻ってこようって気になったね』

『……まあ、いろいろとあったみたいだな。フランスでは陶器の窯元《かまもと》で世話になってたらしいぞ。住み込みで雑用みたいなことをさせてもらってたんだと。けどそこで働いてるうちに、プライドを持って一つ一つの作品を生み出してる職人の熱意に触れて、百貨店の仕事というのは、彼らみたいな人たちが丹精込めて生み出した作品と人々との出会いの場を作ることなんだと思い直したんだそうだ』

『なる、ほど……？』

なんだか就職活動中の学生みたいな発言だな……というのが率直な感想だった。だが、親の期待とプレッシャーのもとで子供の頃から周囲に言われるがままの生き方をしてきた彰宏には、自分でやりがいを見いだすという経験がなによりも必要だったのかもしれない。

総司は苦笑し、『ずいぶん勝手だよな』と嘆息した。

帰国にあたって彰宏は、まず父親の秘書に連絡を取り、自分は元気にやっていることを伝え、会社の状況はどうかと聞いてきたらしい。そこで極めて今さらではあるが、弟の政略結婚にまつわるあれこれを耳にして大慌てで帰ってきたという。

総司もそれに合わせて急ぎ東京に呼び戻された。海に行った日に彼と慌ただしく別れることになった理由が、まさにそれだ。

弟に多大な迷惑をかけたことを知って青くなった彰宏は、総司と再会するなり土下座した。

『とりあえず一発殴っておいた』

彼はさらっと言ったが、兄のせいで背負う羽目になったあれこれを思うと、それは寛大な処置だろう。『和香も殴りたかったら殴っていいぞ』と言われたことについては、丁重に辞退しておいた。

『で、その兄貴がな……なんとフランスで結婚してて、今回その奥さんも連れて帰国したんだ。母さんが認めない嫁という意味では向こうのほうが数段上だから、協力してやっていけるんじゃないか』

そのときの総司はそんなふうにしか言わなかった。だから和香は、自分と同じような境遇の兄嫁がいるのなら、お互いを励まし合いながら細々とやっていけるかな、などと考えていたのだ。

なのに――なんだか、思っていたのと全然違う。

「和香さんにも大変ご迷惑をおかけいたしました！」

喫茶店なので、土下座まではしないものの、彰宏はテーブルに額《ひたい》をぶつけんばかりの勢いで頭を下げた。その隣で妻のセリーヌも同じようにしている。

「あ、あのっ、謝罪のお気持ちは十分伝わりましたから、頭を上げてください！」

人目が気になるあまり和香がそう声をかけたところで、ようやく二人は頭を上げた。

それでも彰宏の表情はしょんぼりとしていて、気の毒なほど萎縮《いしゅく》している。

「このたびのことは、すべて僕の思慮の浅さが招いたことです。総司なら会社を任せてもいいだろうというのも完全な甘えでした。そのうえ、まさか母が二人を引き裂こうとするとは……本当に申し訳ない」

そこからも謝罪の言葉を延々と言い連ねていきそうだったのを、「もう分かったから」と総司が面倒くさそうに中断させる。

「それに、セリーヌさんを連れて帰ってきてくれたことは案外怪我の功名かもしれないしな」

その発言に対して彰宏はきょとんとしていたが、セリーヌのほうは即座に意図を察してキランと目を光らせた。そして、テーブルの上に置かれていた和香の手にさっと手を伸ばし、両手で握りしめてくる。身を乗り出すようにして迫る彼女のいきいきとした青い瞳に、思わずほんの数ミリ腰を引いてしまった。

「和香さん、私たち同じ宗像家の嫁同士、これから協力し合っていきましょうね。クソババアに負けずに！」

「く、クソババア……？」

その過激な発言に唖然とする。すかさず総司が横から補足した。

「ちなみに、母さんはセリーヌさんがものすごく苦手みたいだぞ。そもそも兄貴が家を出ることになったのも、もとをたどれば宗像の家庭環境に問題があるとか、面と向かって非難されてたじたじだった」

喜和子のその反応にはおそらく、フランス人であるセリーヌの迫力ある容姿も一役買っているのだろう。強すぎる味方ができたものだ。

彰宏が日本にいる親族に消息を知らせようと思い立った背景には彼女の後押しがあったらしい。

フランスで知り合った二人が結婚に至る過程では、当然互いの身の上についてもきちんと話しておく必要があった。そこで彰宏が家出同然で日本を出てきたことを知ったセリーヌは、周囲への迷惑を顧《かえり》みない彼の身勝手を叱責し、結婚したらともに日本で暮らすことになってもかまわないから連絡を取れと諭《さと》したらしい。

あまりにも頼りがいのある義兄嫁に、和香は彰宏がどうやって彼女を捕まえたのか気になってしかたなかった。

勝手な行動で会社に大きな影響を与えた彼は、当たり前のことながら、帰ったからと言ってもとの地位に戻れるわけではないようだ。社内では左遷《させん》され、一から信頼を築き上げるところから始めることになる。跡取りも総司であることは変わらない。つまり、和香は将来社長夫人になるということだ。

果たして自分に、そんな役割が務まるのだろうか……

考えはじめれば不安は尽きない。

だが、戻ってきた彰宏は相変わらず気弱なところはあるものの、こんな嫁は認められないと主張する母にはきっぱりと反論したらしい。その嫁であるところのセリーヌは宗像家の色に全く染まりそうもない。総司は社内で着実に己の地位を築いていて、昔よりも格段に頼もしさを増している。そして、おそらく彼が従来の社長夫人の在り方をそのまま和香に強要することはないだろう。

そんな彼らが周りにいてくれるなら、いろいろ四苦八苦しながらも、なんとかやっていけるのではないか。少なくとも、五年前に無理やり引き裂かれたときよりは遥かに展望は開けているように思えた。

彰宏たちと楽しいお茶の時間を過ごした日の夜、和香はホテルのスイートルームに通されて感嘆のため息をついていた。

リビングに入って正面のところに大きくとられた窓には、暗い夜空の下に宝石をちりばめたような大都市東京の夜景が広がっている。和香はその近くまで駆け寄り、透明なガラスに手をついて、どこまでも続く光の絨毯《じゅうたん》を見下ろした。

「すごい……総司、今日はどうしたの……？」

リビングの中央に立って微笑ましそうにこちらを見ている総司を振り返り、ついそんなことを尋ねる。

部屋に入る前にも、ホテル内のレストランで素敵なディナーを楽しんできたところなのだ。ドレスコードがあるからと和香の着替え一式まで用意されていたのは驚いた。裕福な家柄で育った総司だが、今も昔もこんなあからさまに女にお金をかけるタイプではなかった。たぶん彼は財力をひけらかすことがあまり好きではない。だから、普段行動をともにしていても、金銭感覚の差というものをあまり意識したことはなかった。なのに今日に限っては、与えられたワンピースなどの衣類や装飾品はどれも上品なセンスが感じられる質のよいものだったし、食事は皿が供されるたびにウェイターがメニューを説明してくれるようなコースだった。

最初にシャンパンで乾杯して、それがまず美味しかった。口の中で弾《はじ》ける泡と爽やかな香り、そしてアルコールが、和香を心地よく酔わせた。

たぶんその酔いがまだ残っているのだろう。気持ちはふわふわとして、人生で初めて経験するスイートルームというものに、高揚する心を抑えきれない。

総司は窓際に立つ和香のそばにゆったりとした足どりでやってきて、恋人の顎《あご》を指で持ち上げながら「いやだったか？」と尋ねた。

いやじゃない、という答えが返ってくるのが分かっているかのような声音。でも本当にそれ以外の返答が見つからなくて、なんとなく敗北感を覚える。

だって、このスイートルームもとても素敵なのだ。

家具やファブリックはすべてヨーロピアンスタイルでまとめられていて、まるでお城の一室のようだった。一つ一つの設《しつら》えが丁寧に選ばれたものだと分かる。アンティーク好きの和香が喜ばないはずがない。

「ん……っ」

そのまま唇を寄せられて、キスをする。耳のあたりを指でくすぐられて、呼吸が震えた。

は、とわずかに開いた口の隙間から厚い舌が侵入してきて、瞬く間に口づけが深まる。

総司の手が腰に回り、背中がぐっと反らされた。

「んん……っ、む……はぁ……」

上顎《うわあご》の硬い部分を舌先でくすぐられると、脚から力が抜けてしまう。

くったりとくずおれそうになった身体を総司は抱き上げ、部屋の中央に鎮座するベロア生地が張られたソファに下ろした。

そこで、入り口のところに備えつけられているチャイムが鳴った。

甘いキスにとろけきっていた和香がびくっと反応すると、総司がふっとかすかに笑った。

「そこで待ってろ」

そう言い置いて、廊下に通じるドアのほうへ行ってしまう。

和香はどっしりとした一人がけのソファの座り心地にまたうっとりしながら、両頬に手を当てた。

本当に、今日の総司はどうしてしまったのだろう。

口調や態度がどことなく甘いし、こちらを見つめる瞳にいつになく熱がこもっている気がする。

東京行きが決まった当初、和香は日帰りするつもりでいた。土曜日の今日は固定休だが、明日の日曜日は出勤日だ。ショップのある県と東京はやや距離があるものの、朝に出発してお茶して帰ってくるくらいなら全く問題がない。

だが、その日のうちに帰ってくるつもりだと言った和香に呆れた顔をしたのは、共同経営者である有紗だった。

『二人で東京まで行くんだったら一泊くらいしてきたら？　お店は私がなんとかしとくから』

『でも、デートのためにお店を休むなんて悪いし……』

そんな遠慮を彼女はあっさりと封じた。

『私だってこれから結婚の準備でいろいろ和香に迷惑かけることになるんだから、こういうときは素直に甘えといていいの』

『……ありがとう』

東京で一泊できることになったと伝えたとき、総司は極めてあっさりとした様子で『分かった。宿とかはこっちで手配しとく』としか言っていなかった。だから、まさかこんな素敵なもてなしが待っているなんて思いもしなかった。

復縁してから初めての旅行だからだろうか。

彼はいつもの言動がわりと淡々としているほうなので、不意打ちでこんなふうにされるとときめいてしまう。

美しい部屋の調度品を眺めては身悶《みもだ》えしている和香のもとに、入り口でホテルマンとなにやらやりとりしていたらしい総司が戻ってきた。その手はなにかを隠すように背後に回されている。だが、完全に隠しきれずにちらりと見えているのは――赤い花びらだ。

「えっ？」

あまりにも意外すぎて目を見開き、総司の顔を見上げると、彼は照れくさそうにわずかに目を逸《そ》らしたあと、笑った。その表情はまるで少年のようで、普段とのギャップに鼓動が高鳴る。

「ちゃんと言ったことがなかったから、あらためて言わせてくれ」

そう言って和香の前に跪《ひざまず》くと、もはや全然隠せていなかったひと抱えほどもありそうなバラの花束を捧げるようにして差し出す。

「俺と結婚してくれ、和香」

和香は感極まって、しばらく言葉を返すことができないでいた。すると、やや間を空けて「返事は？」と困ったように急かされる。

いいえ、なんて今さら言うはずがないのに。

だが、総司の熱い眼差しはたった一つの答えを切望している。

和香はおずおずとその花束に手を伸ばした。受け取ると、花の重みが腕に伝わる。これは彼の想いの重みか、それとも誓いの重みか。どちらにしろ胸に込み上げるのはあふれそうなほどの喜びばかりだ。

「はい……」

腕に抱えた花束をつぶさない程度に抱きしめて、もう一度繰り返した。

「はい」

どうしよう。言葉が出てこない。

バラの花束を渡してプロポーズなんてベタな演出、全然総司らしくない。だけど、それをわざわざしてくれたのは自分を喜ばせるためなのだろう。そうと悟ると、ただもう幸福な気持ちがあふれて胸がいっぱいになってしまう。

緊張が緩んだように、総司が破顔した。と思ったら、せっかく受け取った花束はあっさりと取り上げられて、彼の背後にあるテーブルによけられる。代わりに伸ばされた腕に軽々と抱き上げられ、和香はぎょっとした。運ばれる先は一つしかない。

「そ、総司っ……待って、お風呂入りたい……」

今日は朝から外出していて、きっと汗だってたくさんかいたはずだ。脚を軽くバタつかせて主張してみたが、総司は聞き入れてくれそうにない。

そのまま寝室に連れていかれ、広いベッドに下ろされた。靴も脱がされる。この手のことに関しては常にこちらを優先してくれる彼にしてはめずらしい。

「せめてシャワー……」

シーツの上に座り込んだ和香がめげずに言うと、ネクタイを荒っぽく引き抜き、三つ揃いのスーツの上着を脱ぎ捨てた総司が「ごめん」と言った。

「今日は、このままさせて」

「う……」

彼は平常時がわりとがさつな命令口調なため、こんなふうにお願いされると撥《は》ねつけられなくなる。「ごめん」と言うのも、いつもなら「すまない」と言うところなのに、可愛いなんて思ってしまう。

それに、そういえばと頭の片隅に思い出されたのは、自分が今身につけている下着の一つだ。ワンピースや靴などと一緒に準備されていたそれ。和香をわざわざ着替えさせたのはなにも、ドレスコードだけが理由ではないのかもしれない。

じっと至近距離から見つめられて、和香はついに降参した。無言でただこくりと頷くと、それだけで総司の顔は綻《ほころ》んで、自らが贈った衣服を脱がせはじめる。

バイオレットのノースリーブワンピースはざっくりとVの字に開いた胸元と大胆なスリットの入ったタイトスカートが大人っぽく、長身な和香だからこそ着こなせるようなものだった。

総司に身体の向きを変えるように促されて反転すると、背中のファスナーがゆっくりと下ろされる。それと同時に、肩の布地が二の腕の中ほどまではらりと落ちかかった。手をついて横座りしているため、深いスリットから脚が太腿のあたりまであらわになっている。

「いいな、そのポーズ。すごくそそる」

吐息交じりの声が背後の思ったより近くで発せられて、恥ずかしさにきゅっとシーツを握りしめた。

「なんか、変態っぽい……」

「これくらい男なら普通だろ」

くすくすと笑う総司の手がファスナーを下ろしきって、そのままワンピースの内側に忍び込んでくる。指の背で、背骨のくぼんだラインを撫で上げられた瞬間、声が出た。

「――ンッ」

フェザータッチで与えられる感触はとても微弱なのに、びくんと過剰な反応を返してしまう。「和香はここもイイんだな」と納得したように囁《ささや》かれて、かああっと頬が熱くなった。

腕に引っかかっていたワンピースがするりと引き落とされ、胸を支えていた下着もあっさりと外されてしまう。

むき出しになった背中に落とされるのはキスだ。ちゅっちゅっと繰り返されるそれがくすぐったくて上体を反らすと、脇腹のあたりをまた触れるか触れないかのタッチで撫でられた。

「はうぅ……」

これまで経験したことのある、首筋や胸から始まる前戯とは違う。背中からの愛撫は、分かりやすい性感帯を刺激されるのとは別の心地よさがある一方で、むずむずとたまらない気分になる。

無意識に逃れようと徐々に動いていった結果なのだろう、和香はいつの間にか四つん這いになっていた。けれどそれに合わせて一回り以上大きな体躯が覆いかぶさってくるので、ますます逃げ場を失っているような気もする。

腰にわだかまっているワンピースを総司が邪魔そうに引き抜こうとした。協力して片膝ずつ持ち上げると、シーツとの隙間を布の塊が通り過ぎていく。

しかしそこで、彼の動きがぴたりと止まった。

「……？」

いったいどうしたのかと首だけで振り向くと、バイオレットの布地を手にしたままの総司がある部分を凝視している。なにを見て……と視線の先をたどった和香は、自分が今どんな下着をつけているのかを思い出した。

腰骨のあたりで胴回りを一周しているのは黒く細いベルトだ。いわゆるガーターベルト。同色のレースで装飾されたそのベルトからは、左右の太腿の前後に沿って計四本の紐が伸びている。今はその先に、腿までの丈のストッキングが吊り上げられていた。

「これも、総司が用意したんでしょ……？」

和香は着替えるときに一緒に渡されたから着用したまでだ。セクシーな女性にこそ似合う品だと思っていたから、自発的に手に取ることはなかっただろう。身につけると女っぷりが上がったように思え、悪い気分ではなかったが、恥ずかしいのでそんな驚いたような目で見るのはやめてほしい。

しかし、総司はまるで意表を突かれたかのごとく顔を赤らめ、口元に手を当てた。

「いや、俺が選んだのは、服と靴だけだ。あとアクセサリー。ほかに必要なものの手配は、セリーヌさんに任せた」

「そう、なの……？」

言われて和香も思い出す。そういえば、彰宏たち夫婦とお茶を飲んだあとに自分をサロンに連れていって、着替えやメイクを手伝ってくれたのもセリーヌだった。

己の勘違いに気づき、こちらまで頬が熱くなる。

「てっきり……ぬ、脱がせる目的で、総司が選んだんだと思った……」

「服はそういうつもりもあった」

あっさりと肯定が返ってきて、やっぱり……と納得する。だが、それが目的なのだと明言されると、こちらのほうがいたたまれない気持ちになってしまうのはなぜなのか。

和香が煩悶《はんもん》していると、不意に、ストッキングを支えて張った紐の一本がくんっと引かれる。総司が肌との隙間に指を差し込んだのだ。次いで、興味深そうな声が耳に届く。

「へえ、こういう感じなんだな、ガーターって」

指はそのまま上へ向かって、尻のところまでやってくる。その仕草にどことなく淫靡《いんび》なものを感じ取り、もぞりと身じろぎするが、彼は意にも介さない。

「なるほど、ショーツはベルトの上から穿くのか」

言いつつ、しれっとショーツを引き下げている。ちなみにこちらは自前の品だ。

そのまま膝を上げるようにうまく誘導されて、気がつけば身につけているものはガーターベルトとストッキングのみという状態になっていた。しかも総司に尻を向けて見せつけるような体勢だ。さすがに羞恥を覚えて起き上がろうとしたところで、ぎゅっと両手で尻を掴まれた。

「ひゃんっ……そ、総司？　なにして……」

その柔らかさを堪能しようとでもするかのように、彼が突き出された尻をやわやわと撫で回している。その手つきがやたら卑猥だ。

「和香は肌が白いから、黒のガーターがよく映えるな。前から思ってたが、お前の身体ってエロいよな」

「なっ……へ、変態なの……？」

「いやいや。恋人なんだからそういう目で見るのは当たり前だろ？」

そういう総司の手は腰から尻にかけてのカーブを何度もなぞっている。

「長身なのに骨格は華奢《きゃしゃ》で、でもほどよく肉がついてて抱き心地がいい。くびれから膨らみにかけての曲線とか、もう……」

ため息交じりに褒め称えたかと思えば、張り出した丘の中ほどあたりに口づけされる。続けて舌が這う。そんな場所を口で愛撫されるとは思ってもみなくて、和香は振り向くこともできないまま身悶《みもだ》えた。

背後からリップ音とかすかな水音が断続的に聞こえる。そこに時々、彼の荒い呼吸音が混じる。皮膚にかかる吐息がとてつもなく熱い。

もしかしたら総司も、今夜のシチュエーションに浮かれているのかもしれない。

プロポーズは前もって計画していたはずだから、彼は今日という日を緊張しつつ迎えたのだろう。無事に目的を果たせたあとの解放感ゆえなのだとしたら、今夜の変態じみた言動もなんとなく理解できる気がした。

その視界にさらされているであろう不浄の場所を思うと、とてつもない羞恥が襲う。だが、その恥ずかしさが気持ちよさを強めているような感じもあって、和香はうずうずと腰を揺らすことしかできない。

撫でて、吸って、舐めて。およそ思いつくひととおりの方法で尻を楽しんだ総司はそれで満足したのか、大きな手が突如胸にまで上がってきて右の乳房を揉みしだかれた。興奮をにじませる男の吐息が耳の間近にまで迫って、和香は身をすくませる。

「ん……っ、はあっ……ぁ、あ……！」

乳首をつままれた瞬間、全身を甘い電流が駆け抜けた。穏やかな刺激で散々気持ちを高められたあとなので、ようやく与えられた明確な官能に女の身体が歓喜する。それと同時に耳を舐めしゃぶられると、さらなる快楽への期待が先走り、お腹の奥がきゅんきゅんと疼《うず》いた。

おそらく、まだ触れられてもいない秘部はすでに濡れそぼっているだろう。

だが、総司だってもうだいぶ興奮しているはずだ。彼のごりごりに硬くなったソレが腰のあたりに当たっている。時々わざと擦りつけられるのを感じて、秘所はますます潤望を強め、とろりと愛液を滴らせてしまう。

左右の乳房も丹念にいたぶられ、総司の手がようやく下肢に伸ばされたときにはもう、和香は自重を支えきれず、うつ伏せでわずかに腰を浮かせるのみとなっていた。

耳のそばで、ハッと笑うかすかな声が聞こえる。

「ドロドロだな……」

くちゅ、くちゅ、と水音をたてながら、滑りのよくなった秘裂を男の無骨な指が我がもの顔で侵していく。もう一方の手は乳首をコリコリと転がしていた。ときおり引っ張っては強くつねられる。官能に染まりきった頭ではもはや痛みは感じず、拾い上げるのは快感ばかりだ。

「んっ、あぁ……そうじ……っ」

ほとんど男にのしかかられている体勢で、注ぎ込まれる快楽に震え、嬌声を上げる。

そしてとうとう彼の指が、最も敏感な突起に触れた。

「――――っ!!」

じっくりと性感を高められていた身体は、ピンと張り詰めた陰核を優しくひと撫でされただけで、呆気ないほど簡単に達してしまった。

はぁ、はぁ、と和香は熱い呼吸を繰り返す。膣がひくひくと収縮しているのがはっきりと感じられる。そこへ指が二本ほど差し込まれ、ぐるりとかき回された。

「あっ、やぁっ！　待って、やぁん……っ」

同時に親指の爪が陰核をそっとなぞるように刺激してきて、猛烈な快感が体内で荒れ狂う。イッたばかりの敏感な身体を容赦なく攻められ、和香は背中を反らせてよがった。

「やぁっ、も、挿《い》れて……中にほしいの、そうじ……っ」

太腿の裏あたりに触れている硬い感触はますます猛《たけ》っている。早くこれを中で感じたい。

もぞもぞと脚を動かしてソレをさすると、低いうめきが背後から上がり、直後、背中にのしかかっていた体重がふっと離れる。衣擦れの音がわずかに響いたあと戻ってきた総司は全裸だった。裸の胸がむき出しの背中にぴったりと重なる。そのまま性急に挿入されて、圧倒的な充足感に全身が押し包まれた。

彼を受け入れた瞬間の、この満ち足りた気持ちが、たまらなく好きだ。

膣内に受け入れた熱はいつにも増して生々しく感じられる。頭のすぐ後ろで、総司が囁《ささや》いた。

「分かるか、和香」

「な、にが……？」

「今、つけてない」

なにを、なんて確かめるまでもない。

「悪い、勝手に。——でも、こうしたかったんだ」

低く掠《かす》れた声でそう告げられて、和香の瞳に涙がにじむ。

今、自分たちの間を隔てるものはなにもないのだ。

理解した途端、内部の感覚がさらに鋭敏になったような気がした。お腹の奥で感じる総司の熱を、形を、表面のおうとつを、よりはっきりと意識してしまう。

しかも、和香は今ほとんどうつ伏せで寝そべっているような状態なのだ。お腹に力を入れやすい。試しにぎゅっと締めてみると、総司がくっと息を詰めた。

「お前っ……そんな、締めるな……っ、もたなくなるだろ」

「これ、気持ちいいの？」

「……っ」

自分がより感じたくてしたことだが、彼も気持ちいいのならもっとしたい。

上から押さえ込まれて狭くなった可動範囲をめいっぱい使い、腰の角度をあれこれ変えつつ、下腹の収縮と弛緩《しかん》を繰り返した。注意深く背後の呼吸に耳をすませば、相手を悦《よろこ》ばせるやり方がなんとなく分かってくる。

だが、総司も大人しくやられっぱなしになるような男ではない。和香の意識が下半身に集中しているうちにその胴体を捕まえ、逃げられないようにする。そうして動きだした彼の腰は膣内の感じやすい部位を的確に突いてきた。

それぞれ相手の弱点に己の性器を擦りつけようとする駆け引きは、いくらもしないうちに互いの身体に溺《おぼ》れて快楽を貪《むさぼ》る行為に変化した。

目も眩《くら》むような気持ちよさに呑み込まれて、身体がバラバラになってしまいそうだった。

直接性器と性器を触れ合わせる快感は、避妊具があるときとは比べものにならなかった。とろとろの愛液をまとって繰り返される摩擦は、腰が抜けてしまいそうなほど甘美な痺《しび》れをかもし出す。己の中で荒ぶる熱い奔流《ほんりゅう》は恐怖を覚えるほどなのに、貪欲に求める動きを止められない。

それは総司もなのだろう。こらえきれず切れ切れに漏れるうめき声がたまらなく色っぽくて、子宮がきゅんきゅんと反応してしまう。

獣のような交わりは間もなく臨界点へ達する。迫りくる絶頂を感じ取った和香は、上体を限界までよじって、背後を振り向いた。

「総司、キスっ、したい……っ」

甘えるようにねだると、すぐ胸の前に彼の腕が回り、肩を抱えてくれて、体勢が楽になる。

唇を重ねた瞬間、ふわりと身体が浮くような錯覚を覚えた。

「んッ――――!!」

「う……っ」

和香を抱きすくめた総司の身体が、ぶるりと震えた。お腹の奥にとてつもない熱を感じる。

彼の精を胎内に受け止めたのだ。

それを実感した瞬間、じわりと目が潤《うる》んだ。

「和香……」

射精したそれを体内から引き抜いた総司がどさりと横たわり、和香を引き寄せる。

そのまま二人は、しばらくじっと抱きしめ合っていた。

朝起きたら、左手の薬指に指輪がはまっていた。

これは夢だろうか。スイートルームの豪華な部屋で、寝心地のよい寝具に包まれて目を覚ますだけでも、このうえなく贅沢《ぜいたく》な朝だというのに。

指輪のアームは美しいカーブを描いて、それを挟むように二つの宝石が対称的に配置されている。

和香が密かな憧れをいだいていたトワエモアのリング。

ダイアモンドとパールはどちらも曇《くも》りなく輝き、品質のよさが窺《うかが》える。銀色に輝くアームはおそらくプラチナ製だろう。長い時を刻んだものに特有の風合いが味となって、リングに上質な気品を与えている。

いくらくらいするのだろう……

ついつい値段を考えてしまうのは職業病だが、ここにはルーペなどがないので鑑定できない。でもおそらく、ものすごく高い。

ベッドの上に起き上がったまま左手をかざして唖然としていると、リビングに通じるドアが開いて総司が姿を現した。和香と同じく、部屋に用意されていたガウンを身にまとっている。

「起きたのか。おはよう」

恋人の姿を目にした彼の双眸《そうぼう》が優しく細まる。

「お、おはよう。――じゃなくて！」

幸せに満ちた表情と口調に流されかけた和香はぴっと左手を突き出して見せた。

「これ！　どういうこと!?　こんなのいつの間に用意してたの？」

これほど驚いているのにはわけがあった。

アンティークは基本的に一点物だ。品質やデザインにこだわるなら探すにはそれなりに時間がかかる。加えて指輪は、和香の薬指にぴったりだった。サイズのお直しだけでも一、二週間はかかるだろう。二人が復縁してからはまだ二週間しか経っていない。

どう考えても間に合わないことを力説すると、ベッドに腰かけて話を聞いていた総司で白状する。

は次第に懊悩《おうのう》するように額《ひたい》に手を当てた。しばしの沈黙のあと、しぶしぶといった様子

「その指輪は……昔購入したものだ」

「昔……？　って、いつ？」

「和香がおばあさんの葬式から帰ったあとくらい」

それは別れるよりもずっと前のことだ。付き合いだした頃から数えたほうが早いくら

いだろう。

思わず目を丸くした和香の顔を見やり、総司は羞恥をこらえているかのように硬い声

音で説明した。

「いつか、渡すつもりで買ったんだ。トワエモアの意味は〝あなたと私〟。婚約指輪と

して贈る人が多かったって、和香が教えてくれただろう？」

「それからずっと、持っててくれたの……？」

――政略結婚に引き裂かれたあとも。

別れたあと、二人はもう二度と会わないはずだった。彼と奥さんが男女の関係でなかっ

たことはすでに聞いている。だが、自分たちが再会したのは完全なる偶然だ。

「手放せなかったんだよ」

総司は自嘲的に苦笑する。

「別れてからも、ずっとお前のことが忘れられなかった。お前は別の男と幸せになってるものだと思い込んでたから、この指輪を手放したら、お前とのつながりが完全に失われてしまう気がしたんだ」

「そんな、こと……」

離れていた五年間を思い出し、和香はぎゅっと胸元で手を握る。

こちらだって、きっと総司は結婚した女性となんだかんだうまくやっているのだろうと思っていた。彼は和香のことなどやがて忘れてしまうのだろうと。

どうやら自分たちはこの五年間を似たような気持ちで過ごしていたらしい。

その年月を思うと、今このリングが薬指にはまっていることは尊い奇跡のようだった。

総司が和香の肩を引き寄せ、こめかみに唇を寄せる。なんとも甘やかな恋人の仕草に胸がドキドキと早鐘《はやがね》を打つ。

「近いうちにイギリスに行こう。和香の家族にも挨拶がしたい」

耳に囁《ささや》かれた言葉に、はっと息を呑んだ。

イギリス。十五歳のときに去ってから、ずっと遠ざけていた場所だ。さすがに結婚の挨拶ともなれば、直接両親のもとに赴《おもむ》く必要があるだろう。

恋人が浮かべた不安の表情を正確に読み取り、総司は笑う。

「大丈夫だよ。お前は家族に疎《うと》まれているわけじゃない」

「……うん」

それは、和香だって分かっているのだ。

イギリスにいる母からは、定期的に家族の写真が届く。たぶんそれは娘を寂しがらせないためなのだろう。なのに、そこに一緒に映ることのできない自分を不甲斐なく思うのは、結局のところ自身の心持ちの問題が大きい。

そうは言っても、子供の頃から育まれた屈折した感情は今さらどうにかできるものではない。

しゅんと俯《うつむ》く和香の頭に大きな手が柔らかく乗せられる。温かい瞳がこちらをのぞき込んで、揺れる心を優しく包み込むように声が響いた。

「お前には俺がいるだろう？　長い時間をかけて生まれた溝は、簡単には埋まらないかもしれない。でも、なにがあっても俺はお前のそばにいる。だから、安心していい」

「うん……」

頷くと同時に目元がじわりと熱を持つ。

昨日から、和香は何度も泣きそうになっている。常に自分に寄り添ってくれる相手の存在が、いかに心強く安心できるものなのか、何度も実感させられている。

たぶんもう自分は、総司なしでは生きていけない。

そんなことまで考えてしまうほどに、彼の存在は分かちがたいほど心の奥深くにまで浸透していた。

「総司も……」

「ん？」

シーツの上に無造作に置かれた彼の小指を控えめに引く。

「総司にも、私がいるから……頼ってね。総司の家のことも……私なりに努力してみるから」

総司にしてみたら、和香が力になれることなど、ほとんどないのかもしれないが。それでも、助けられるばかりにはなりたくない。自分も彼のためになにかしたい。寄り添うだけで安心感を与えられるような存在になりたかった。

「……ありがとう」

総司は苦笑して和香を緩く抱擁する。だがすぐに、「うちのことは、いいんだ」などと言いだした。

「和香には、好きなことをしててほしい。面倒くさい役割を押しつけたくないんだ」

「でも、総司は将来社長になるんでしょ？　会社のことを無視して私ばかり好き放題やるわけにはいかないよ」

二人で一緒にいるためには、お互いがお互いのために努力することが必要だと思う。そうでないと、一方的な搾取になってしまう。

現実的な部分を指摘すると、彼は少し苦しそうに顔を歪めた。

「それでも……俺は、もう、和香からやりたいことを奪いたくない」

「……もうって、どういうこと？」

まるで以前にもなにかを奪ったことがあるみたいだ。

「デザイナーの仕事を辞めることになっただろう……俺のせいで」

とても低い声でそう告げて、凛々《りり》しい眉の間に深いしわを刻む。

それだけで、そのことがどれほど彼を苦しめてきたのかがなんとなく分かってしまった。

「そんなことを、気にしてたの……？」

呆気にとられて呟くと、総司は怒ったように言う。

「そんなこと、じゃないだろ。俺は、お前がどれだけデザインの仕事が好きだったかを知ってる。プライドを持ってやってたことも。大変な就職活動を乗り越えて掴んだ仕事だろう。……俺と関わらなければ、失わずに済んだものだ」

和香はふと、いつか彼に話した自身の志望動機を思い出した。

『百貨店の仕事は、面白いよ』

確かに自分は、百貨店でデザイナーとして働けることに喜びを感じていた。仕事では悩んだりすることも多かったが、それ以上のやりがいを見いだしていた。

──でもそれは、別に百貨店じゃなくてもいい。

和香は唐突にベッドから下りると、部屋の片隅に置かれていた自身のバッグを漁り、一枚のカードを取り出した。それを総司に向けて差し出す。

「これ見て。私がデザインしたんだよ」

それは、アンティークショップのショップカードだった。有紗とあれこれ相談しながら、和香がデザインしたもの。

「カードだけじゃない。お店のロゴも、ウェブサイトも、看板も、内装も、商品の並べ方まで、全部私がデザインしてるの」

彼が目を見開き、その手がおそるおそるカードを受け取る。その揺れる瞳を和香は正面から見つめた。

「ねえ、総司。私が百貨店を志望した理由、覚えてる？」

急な問いを投げかけられ、なにかに気づいたように総司が視線を上げる。

『──チラシやポスターの紙媒体だけじゃなくて、ウェブ広告やプロモーション動画、グッズ、ウィンドウディスプレイ、いろいろある。それに、デザイン事務所なら制作したところでおしまいだけど、インハウスデザイナーなら一つの企業の専属になって継続して試行錯誤できる。そういう部分も私には合ってると思うの。あとは……大企業に勤めていれば祖母も安心してくれるし』

過去の自分は、確かにそう語ったはずだ。

和香は微笑んだ。

「自分たちのショップの専属になって、試行錯誤しながらいろんなデザインができる。私は今の仕事を、とても楽しんでいるの。それに……大企業でないといけない理由は、もうなくなっちゃったから……」

最後のほうにだけ、少し悲しい響きが交じる。だがそれはどうしようもないことだから、明るく言葉をつなげた。

「このショップカードを気に入ってくれた人がね、お店のウェブサイトも見てくれて、個人的にデザインを依頼したいとも言ってくれてるの。——だからね、総司」

ベッドに座った総司の前にしゃがんで、カードを手にしたその両手に触れる。

「私は、あなたになにも奪われていない」

和香の手の下で、彼の手に力がこもる。その甘い許しを受け入れていいものか、総司は葛藤しているようだった。

「そんなのは……こじつけだろう。お前が俺のせいで会社を辞めることになったのは事実だ」

「事実はそうだとしても。私が今、なにも失ったと思っていないから、それでいいの。総司が勝手に気に病んでいるほうがいや」

目の前の唇は強く引き結ばれたままだ。

めずらしく頑固な姿に苦笑が漏れる。彼は和香のことを優先しすぎる。

「総司は私のこと、愛してるんだよね？」

はっきりと言葉で伝えられたことはなかったが、躊躇《ちゅうちょ》なく聞いてしまえるくらいには、十分な愛情を受け取っている自覚があった。

「……当たり前だろ」

低く応じる声にかすかな照れを感じ取り、たまらない愛しさを覚える。

和香は口元に緩い笑みを浮かべると、その膝に頬を乗せて総司の顔を下からのぞき込んだ。

「だったら、総司のことを幸せにしたい私の気持ちも分かるでしょう？　いつまでも過去のことを引きずってほしくないし、対等になりたい」

「対等になるなら、なおさらなあなあにすべきじゃない」

あまりにも頭が固くて笑ってしまいそうなのをこらえ、「もうっ」と和香はわざと子供っぽい仕草で唇を尖《とが》らせる。

「仕事を失ったことよりもずっとずっとたくさんのものを総司は私にくれたってこと！　総司がいたから、私は救われたんでしょう？　おばあちゃんが亡くなったときだって、一人じゃなかった。総司が寄り添ってくれたから。短い間でも温かな思い出をもらえたから、私は一人になっても頑張れると思ったの。そうやって五年間頑張ってきたの」

総司は黙ってこちらの話を聞いていた。

きっと彼の中の後悔と罪悪感は根深くて、こんなふうに言われてもすぐに気持ちを切り替えられるものではないのかもしれない。

でも、これだけは伝えておきたかった。

「私たち、夫婦になるんでしょう？　だったら支え合わないと。私ばかり甘やかされたくない。私を頼って。わがままを言って。私だって、総司のことも……総司の家族も、大切にしたい」

家族のことに触れた瞬間、総司はまた分かりやすく表情を硬くする。

それでも、和香の言いたいことは理解したのだろう。もう反論することはしなかった。

代わりに、こちらの手を強く握って、真剣な声音で言う。

「いやな思いをしたらすぐに言え。一人で我慢するな」

「──うん」

彼はいつだってそう言って甘やかす。つらいときには遠慮なく頼れと、そうしていいのだと何度だって教えてくれる。

そんな人がそばにいてくれることが、どれだけ幸福なことか、和香は知っている。

話しておくべきことは話した。

和香はすっくと立ち上がり、窓辺に寄って、半開きになっていたカーテンを大きく開いた。

二人のいる寝室に、明るい日差しがさあっと差し込む。

どうやら夜の間に雨が降ったらしい。ガラスには水滴が付着していた。雨に洗い流された空は抜けるように真っ青で気持ちよく、その下では朝を迎えた都心が今日も賑《にぎ》やかに一日を始めようとしている。

後ろからやってきた総司が背後に立って、窓に触れた和香の左手に自身の手を重ねた。薬指にはまったリングを愛しげに撫でられて、くすぐったい気持ちになる。

彼の薬指は今は空っぽだ。

その指におそろいの指輪をはめる日を想像して、和香は幸福な笑顔を浮かべた。

エピローグ

互いの家族への挨拶は、それぞれ簡単に会いに行けない事情があるため、またおいおいということになった。

よって、正式な婚約を交わしてから和香が最初にしたことは、総司の部屋への引っ越しだった。

高層マンションで暮らす彼の部屋はかなり広めではあったが、一人暮らしを想定した1LDKだ。リビングとキッチンから独立した部屋は一つしかない。

総司は部屋数の多い住居を新しく探したほうがいいのではと提案したが、和香はそれを断った。

おそらく彼はまた転勤になるだろうし、どうせ寝るときは一緒のベッドに入るに違いない。今はとにかく、ようやく想いの通じた恋人とともにいられる時間がたくさんほしかったので、自分専用の部屋を与えられることにあまりメリットを感じなかった。それに、和香の荷物を持ち込んでも余裕で収められる程度には、今のマンションも十分に広い。

そういうわけで初めての同棲生活は、二人で相談したり不動産屋を巡ったりといった段階を踏むことなく、実にすんなりと始まった。

「それで、新生活はどう？　……って聞こうと思ってたんだけど、問題なさそうねえ」

「え？」

引っ越しの準備と片付けのため、普段の固定休にもう一日付け足した二日間の休みをもらったあと、新しい家から初めてショップに出勤した日。客の姿がなくなった合間に話しかけてきた有紗は、こちらが答える暇《いとま》も与えず笑い交じりに結論づけた。和香は目を瞬かせるほかない。

「浮かれてるの、分かりやすすぎでしょ」

「そんなに緩んでる……？」

親友の指摘に恥じ入るように両頬を押さえる。

分かりやすいなんて、これまでの人生でほとんど言われたことのない言葉だ。だが、今の自分は確かにそうだろう、と和香自身でさえ思ってしまう。

同棲生活はまだ一日目を終えたばかりだ。誰かと一緒に暮らすということ自体がおよそ十年ぶりなので、うまくやっていけるか正直不安もあった。

だが、それはすぐに杞憂《きゆう》だと分かった。

朝目覚めたときから夜眠る瞬間まで、誰かの気配を同じ屋根の下に感じていられる。それは、想像以上に心地よいものだった。その〝誰か〟が一番に愛する人ならなおさらだ。

幸せすぎて、昨日は四六時中にこにこしていた。普段が無表情になりがちなので、自分はこんなにも笑顔をあふれさせることもできるのかと本人でさえ驚いたくらいだ。

どうにか表情を引き締めようと和香が悪戦苦闘していると、有紗が笑いながら手を振った。

「そんな無理に真面目な顔を取り繕《つくろ》わなくていいよ。にこやかでいいんじゃない？　和香は普段の表情が硬いから、多少緩んでるくらいがちょうどいい気がする。……それだけ幸せいっぱいなら、もう心配いらないね」

「――うん」

最後の言葉に、ずっと自分の境遇を気にかけてくれていた友の思いやりを感じ取って、和香ははにかんだ。

「そういえば、この間総司と会ったんだよね？　どうだった？」

正式に婚約者の座に収まった彼と二人きりで会わせてくれ、とこの親友が頼んできたのはしばらく前のことだった。

「宗像さんから聞いてるんじゃないの？」

「二人がなにを話したかは聞いたけど、有紗が総司をどう思ったかは分からないもの」

首を傾げてじっと見つめると、有紗はなにやら考え込むように複雑に表情を歪めたあとでふっと肩をすくめる。

「また和香を悲しませるようなことをしでかさないか、きっちり見極めるつもりで行ったんだけどね……いやー、あんな顔をされたら認めないわけにはいかないわー。和香は和香でこの反応だし、ラブラブだね。ごちそうさま」

なにがごちそうさまなのか、手まで合わせられて和香は狼狽《うろた》える。

総司からは、退職した和香に店という居場所を作ってくれてありがとうと感謝を伝えたのだと聞いていた。それに対して有紗は、親友としてすべきことをしただけだと返したらしい。二人の会話は終始和やかな空気だったという。

それを話す彼の口ぶりはいつもどおりの端的さだったので、きっと彼女を前にしても同じ調子だったのだろうと思っていた。

……のだが、実際は違ったのだろうか。

「どんな顔してたの……？」

おずおずと尋ねると、有紗はそれは楽しそうににんまりと唇を弓なりに曲げた。

「和香が可愛くてしかたがないっていう顔」

それはいったいどんな表情なのか。想像するだにくすぐったい気持ちになり、反応に困ってしまう。

大事にされているという自覚はあった。が、それを他人から聞かされるのは別の嬉しさがある。

とはいえ、いつまでもこちらをにまにまと眺める視線にはいたたまれないものがあったので、和香は反撃を試みた。

「あ、有紗だって！　半年後には結婚でしょ？」

「私のほうはお見合いで、相手も昔からの顔なじみだもの。今さらそんなときめかないって」

有紗はさらっと流そうとするが、和香は騙されなかった。

「って言っても、結婚してもいいって思えるくらいには、好きなんでしょう。有紗はいやなことには絶対に首を縦に振らないって知ってるもの」

途端に彼女はうっと言いたげに顔をしかめた。この親友はなぜか、婚約者に対する好意を素直に表現するのをやたら恥ずかしがるのだ。

「まあ……嫌い、では、ない、けど……」

その言い方がとても言いにくそうだったので、笑ってしまう。結婚式当日は人前で愛を誓い合い、口づけもしなくてはならないのに、大丈夫だろうか。

有紗は恨めしそうにこちらを睨んでいたが、ふと表情をあらためると、思案げに顎《あご》に指を当てる。

「……でも、こうなると和香もいつまでここで働けるか分からないし、一人くらい従業員を雇ってもいいかもね」

それは和香もうっすら考えていたことだった。

お互いに結婚して家庭を持てば、今のように店につきっきりというわけにはいかなくなる。

総司は自由にしていいと言ってくれているが、自分は彼と離れたくないと思っている。せっかく一緒に暮らせるようになったのだ。彼が別の支社や本社に転勤になるときにはついていきたい。だがそうすると、店に立つことはほとんどできなくなってしまうだろう。

有紗のほうは婚約者の実家の拠点が県内にあるので、店の近くに居を構えるのはおそらく問題ないだろう。だが、出産や子育てという将来を見据えると、やはり今のように働き続けられるとは思えない。

せっかくここまで二人で頑張ってきたのに……という和香の思いとは対照的に、「ま、しかたないよね」と言う彼女の反応は実にあっけらかんとしたものだった。

「え……？」

「もともとこの店はひいおじいさまのコレクションの保管庫みたいな役割があったわけだし、それさえ果たせれば、別に私たちが四六時中見てなくても文句は言われないと思うの」

アンティーク好きだった先々代当主のコレクションを適切に管理し、必要に応じて売却すること。それが佐伯家から出店資金の援助を受ける条件であることは、この店の運営に誘われたときに言われていた。

だが、自分のアンティークショップを持つことは有紗の長年の夢で、だからこそ和香は協力を惜しまなかったのだ。それをあっさりと他人に任せられるような発言には、寂しさを感じてしまう。

そんな気持ちは相手にも伝わってしまったらしく、有紗はふっと笑う。

「別に自分が直接接客することがなくなったからって、ここが私たちのお店であることは変わらないでしょう？　なにもないところから二人であれこれ考えて一つ一つ形にしてきた場所なんだから。誰かを雇うにしてもきちんと信頼できる人を選ぶし」

「うん……」

これまでの苦労が思い出されて、和香は気持ちがしんみりとしてしまう。それは口にした本人も同じだったようで、二人は顔を見合わせて苦笑する。

有紗は真面目な顔つきになって友の手を握った。

「このお店を、和香の人生の枷《かせ》にはしたくないの。私は店を出すことそのものが夢だったから、この先もできる限り店に立ち続けるけどね。もちろん和香もそうしたいならそうしてくれたら私は嬉しい。けど、和香が一番大切にしたいものはもう別にあるでしょう?」

「……うん」

たとえ店を離れることになっても、そばに居続けたい人がいる。それだけは、和香の中で揺るがない。それでも――

「お店に関わるデザインは、私にさせてね。デザインの仕事なら、どこにいてもできるから」

やはりこの店だって大切で、簡単に手放したくはない。

めずらしく和香がはっきりと主張すると、有紗は嬉しそうに顔を綻《ほころ》ばせた。

「安心して。この店のデザイナーはずっと和香一人だから」

§

総司が森川に声をかけられたのは、社内で済ませるべき用事を終えて退社しようとエレベーターホールにやってきたときのことだった。

「最近の支社長は仕事を持ち帰りにして早々に帰宅してるって話、本当だったんだ」

からかうような声に振り返った総司は、相手が誰かを認めてなんとも言えない顔になる。

「倉田さんと順調そうでよかったじゃないか」

ビジネスバッグを手にした森川も退勤するところらしく、エレベーターを待つ総司の横に並ぶ。あまり嬉しくないことに、ホールにほかの人間はいなかった。

観念して「ああ」と頷くと、隣から聞こえてきたのはわざとらしいほどのため息だった。

「全く、僕に感謝してほしいよ。近くに転勤になったから、ここぞとばかりに倉田さんとの距離を縮めたかったのにさ。結局僕がしたことって君たちを引き合わせただけだよね」

「ああ……感謝してるよ」

その言葉はまごうことなき本心だった。加えて、横取りするような形になってしまい、申し訳ない気持ちもある。だが、それについての謝罪はすべきでないと理解していた。和香は総司を選んだ。それがすべてなのだから。

しかしだからこそ、森川を前にすると居心地の悪さを感じてしまうのはいかんともしがたい。

彼も彼でそんなこちらの内心を察しているのだろう。不満そうな口ぶりに反してその口角は楽しそうに上がっている。こんなふうに絡んでくるのは、和香をかっさらっていった総司に対するささやかな意趣返しか。それならば甘んじて受け入れるよりほかはない。

扉横の表示によると、エレベーターはようやく一階にたどり着いたところのようだ。それから上階に上がってこのフロアに下りてくるにはもうしばらく時間がかかるだろう。

胸の内で嘆息しつつ、そういえば、と森川に頼みたいことがあったのを思い出す。

「アンティークフェアの関係者に、矢野ってやつがいるだろう」

和香から聞き出しておいた名前を出すと、彼はすぐに頷いた。

「ああ、倉田さんが紹介してくれた人だね。出店ショップの選定に携《たずさ》わってもらってる。彼がどうかした？」

「和香に金輪際《こんりんざい》近づくことがないよう釘を刺しておきたい」

「なんだか急に物騒な話だね……彼がなにかした？」

「矢野は和香の元恋人だ。別れたあとショップにやってきて、和香が襲われそうになってるところを俺が助けた」

途端に森川の表情は張り詰める。それから少しの間を置いて「なるほどね……」と得心したような呟きが漏れた。

「だったら、倉田さんの婚約者が宗像百貨店の跡取りだってことを僕からそれとなく彼に伝えておくよ」

「そんなのが効くか？」

総司が懐疑的に目をすがめると、彼は分かってないなあと言いたげに首を振る。

「君って宗像のネームバリューがどれほどのものか無自覚なところがあるよね」

それはそのとおりかもしれないので、押し黙る。

子供のときから家柄で判断されるのを嫌って、御曹司という肩書きを相手に意識させない振る舞いを心がけてきた。だから、家名を振りかざしてその効果を確かめることをあまりしたことがない。

「物腰は穏やかだけどね、たぶん矢野さんは計算高い男だよ。百貨店の催事は彼にとっても大きな仕事だろうし、跡取りの反感を買うことを考えたら、倉田さんにはもう手出ししないほうが賢明だと判断するだろう。まあ、僕に任せてよ」

有能な森川がそこまで言うのならそうなのだろう。ここは任せておくのが得策のようだ。

「分かった。頼む」

悪いな、と付け加えかけて、口をつぐむ。

彼が手を貸してくれるのは、総司のためではなく、和香のため。自分がそんなことを言えば、勘違いしないでよ、とでも言われてしまうだろう。

そんなやりとりをしているうちに、ようやくやってきたエレベーターが到着のチャイムをフロアに響かせた。

開いた扉に一足早く踏み出した森川が、総司にしか聞こえない小声で囁《ささや》く。

「倉田さんをまた泣かせるようなことがあったら、今度こそ奪いに行くから、そのつもりで」

こちらが顔を上げたときにはもう、彼の姿はエレベーターに乗っている人々の中に交じってしまっていた。

だから、分かっている、という覚悟を込めた返答は、総司の心の中だけにとどめられることとなった。

§

玄関のドアに近づく足音が聞こえるだけで嬉しくなってしまう。

というのは、さすがに大げさすぎる表現なのかもしれない。

だが、和香にとってはそれくらい幸せなことだった。自分の愛する家族が、毎晩自分のところに必ず帰ってきてくれるという現実は。

「ただいま」

その声を聞くと、飼い主の帰りを待っていた犬のように駆け出したくなってしまう。

だが、大人げないのでそこまではしない。

ダイニングからちょこんと玄関に顔だけのぞかせて「おかえり」と言えるのもまた嬉しく、いつもはにかんでしまう。

総司はそんな姿を目にすると、靴を脱ぐ時間さえももどかしそうに足早にやってきて抱きしめてくれる。だから、和香は微笑んでその胸に頬を擦り寄せるのだ。

きっと彼もまた、温かな家庭を持つ幸福を噛みしめているのだろう。家族の愛情に飢えた子供時代を過ごしたのはお互い様だ。

離れて過ごしていた間、総司が別の女性と暮らしていたという事実に思うところがないわけではない。二人の間になにもなかったと知ってはいても、面白くない気持ちはやはり込み上げてしまう。

それでも。

――この人と生涯をともに歩んでいけたらいいのに。

祖母の葬式から帰った日、彼の腕の中で願ったことが今叶えられようとしている。

その喜びに比べたら、小さな嫉妬など些細なことだった。

「今日の夕飯はなんだ？」

スーツから着替えてキッチンにやってきた総司がなにか手伝おうかと腕まくりする。

それに微笑んで、取り皿を運んでくれるように頼んだ。

「今日はお鍋にしたの。最近肌寒くなってきたから」

彼はいいなと頷いて、手にしていた紙袋を思い出したように差し出す。

「これ、お土産。食後にでも食べてくれ。鍋には合わないかもしれないが」

おそらく帰りがけに購入してきたのだろう。紙袋は和香が好きな洋菓子店のものだった。総司は可愛い婚約者に甘いものを餌付けするのを楽しんでいる節がある。だがそれを目にした和香は、戸惑い気味に眉根を寄せた。

「ありがとう。……けど、明日の朝食べようかな」

すると即座に彼が顔をのぞき込んでくる。

「具合でも悪いのか？」

「そうじゃなくて……夜に食べると、太りそうだから」

「少しくらい平気だろう？　そもそもお前は食が細すぎる」

「最近はちゃんと食べてるよ。朝も夜も総司と一緒だから。そのせいでちょっと体重が増えた気がするの」

一人だと食事を抜いたり適当に済ませたりということが多かったため、同居人に合わせてしっかり食事をとるようになれば、それは当然の帰結だった。

勇気を振り絞って打ち明けたのに、こともあろうに総司は喜ばしいと言いたげに首を上下させた。

「いい傾向だな」

「喜ばないで……！」

女心を理解していないとぷんぷん怒ると、すかさず分かった分かったとなだめられた。

「デザートは明日にしよう。その代わり、夕食はきっちり食べろ、な」

子供を相手にするように頭をぽんぽんと撫でられる。それがなんだかんだ、いやではない。むしろ好きだから、和香は結局素直に頷いてしまう。

お店から固定で休みをもらっている水曜日と土曜日の前日は自然とそういうことをする日になった。

ベッドの中での総司はこのうえなく優しくて、和香はいつも身体に力が入らなくなるくらいにとろけさせられてしまう。

今夜もまた、気持ちいい、もっとしてほしいとねだってしまうところまで攻め立てられ、最後にはねだった以上のものが与えられて、幸福感に包まれたまま上がけに潜り込んだ。

後始末を終えて隣に滑り込んできた温かい身体に身を寄せながら、ふと尋ねる。

「総司は子供ほしくないの？」

彼の熱を直接胎内に受け入れたのは、東京で宿泊したあの一夜だけだ。こうして毎晩同じベッドで眠るようになっても、総司は毎回きっちりと避妊している。一度は遮《さえぎ》るものなく交わったのだから、結婚前に子ができることを避けたいわけではないと思う。

和香を抱き寄せて、感触を楽しむように髪をすいていた手の動きがゆるりと止まる。耳の近くで発せられたのは思案深げな声だ。

「ほしくないわけじゃないんだが……跡取りのこともあるからな。和香こそ、いやじゃないのか？　母さんがまたなにか言ってくるかもしれない」

恋人のどんな感情も見逃すまいとしてか、総司がじっと瞳を見つめてくる。

宗像家については、過剰なまでに守ろうとしてくれる彼がいるから、最近はむしろどんと構えていられる心持ちになってきていた。総司がいてくれる限り、自分一人が追い詰められ、苦悩するような局面になど陥《おちい》るはずがないのだ。

和香はふんわりと微笑みを浮かべる。

「総司の家のことは、受け入れるって決めてるから。それに、やっぱり……私は、総司と家族を作りたいな」

自分で口にしつつ、それはなんて素敵なことだろうとあらためて思う。

大丈夫だよ、と伝えたくて彼の後頭部を優しく撫でると、途端に総司はくしゃりと笑う。

「ありがとう……俺も同じ気持ちだ」

大きな手が頬に触れ、額《ひたい》に柔らかな口づけが落ちてくる。その心地よさにいざなわれるように、和香の意識はまどろみの中にゆっくりと溶けていく。

そこはとても温かくて、孤独や寂しさなどはもうどこを探したって見当たらないくらい、幸せに満ちていた。

★ ノーチェ文庫 ★

Noche BUNKO

とろけるような執愛

身を引いたはずの聖女ですが、王子殿下に溺愛されています

むつき紫《し》乃《の》

イラスト：KRN

定価：704 円（10% 税込）

実の母親に厭われ、侯爵家の養女として育ったアナスタシア。そんな自分を慰めてくれたオーランド殿下に憧れ努力してきたアナスタシアだったが、妃候補を辞退し、彼への想いを秘めたまま修道女になろうと決めていた。彼女の決意を知ったオーランドは強く抱擁してきて——

詳しくは公式サイトにてご確認ください
https://noche.alphapolis.co.jp/

携帯サイトはこちらから!▶

ドS弁護士の甘い執着愛

愛蜜契約

～エリート弁護士は愛しき贄《にえ》を猛愛する～

奏多《かなた》

装丁イラスト／石田惠美

文庫本／定価：770円（10% 税込）

父の法律事務所で働く凛風《りんか》は、ヤクザからの嫌がらせのせいで倒れた父に代わって、事務所を立て直してくれる弁護士を探していた。そんな中、凛風の前に“法曹界の悪魔”と呼ばれる敏腕弁護士・真秀《まほろ》が現れる。助けを求めると、彼は対価として凛風の身体を求めてきて——

詳しくは公式サイトにてご確認ください。
https://eternity.alphapolis.co.jp/

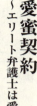

恋人にフラれ、彼と来る予定だったホテルを一人で訪れるというクリスマスイブを迎えた英奈《えな》。そんな人生最悪の日、彼女は魅力的な男性・守谷《もりや》と出会い、甘く官能的な夜を過ごす。
これは一夜の夢だから…と連絡先も交換せずに去った英奈だったが、それから数ヵ月後、職場に突然真っ赤なバラの花束が届く。そこには『君を忘れられない』というメッセージがついていて――…!?

無料で読み放題
今すぐアクセス!
エタニティWebマンガ

B6判 定価：770円（10%税込）

本書は、2022年6月当社より単行本として刊行されたものを文庫化したものです。


この作品に対する皆様のご意見・ご感想をお待ちしております。

おハガキ・お手紙は以下の宛先にお送りください。

【宛先】

〒150-6019 東京都渋谷区恵比寿4-20-3 恵比寿ｶﾞｰﾃﾞﾝﾌﾟﾚｲｽﾀﾜｰ19F
（株）アルファポリス　書籍感想係

メールフォームでのご意見・ご感想は右のＱＲコードから、
あるいは以下のワードで検索をかけてください。

アルファポリス　書籍の感想　検索

ご感想はこちらから

エタニティ文庫

御曹司《おんぞうし》の淫執愛《いんしゅうあい》にほだされてます

むつき紫乃《しの》

2025年1月15日初版発行

文庫編集－熊澤菜々子・大木 瞳
編集長－倉持真理
発行者－梶本雄介
発行所－株式会社アルファポリス
〒150-6019 東京都渋谷区恵比寿4-20-3 恵比寿ｶﾞｰﾃﾞﾝﾌﾟﾚｲｽﾀﾜｰ19F
TEL 03-6277-1601（営業）　03-6277-1602（編集）
URL https://www.alphapolis.co.jp/
発売元－株式会社星雲社（共同出版社・流通責任出版社）
〒112-0005 東京都文京区水道1-3-30
TEL 03-3868-3275
装丁イラスト－鈴ノ助
装丁デザイン－AFTERGLOW
（レーベルフォーマットデザイン－hive&co.,ltd.）
印刷－中央精版印刷株式会社

価格はカバーに表示されてあります。

落丁乱丁の場合はアルファポリスまでご連絡ください。

送料は小社負担でお取り替えします。


ISBN978-4-434-35126-6 C0193